커피 · 열정 그리고 사랑

Crazy

크레이지 커피 캣

Coffee Cat

커피 · 열정 그리고 사랑

Crazy ② Coffee Cat

초판 1쇄 2009년 8월 5일
글 엄재경 **그림** 최경아 **발행인** 강우식
편집장 송인국 **에디터** 이소정
마케팅 이상현 **경영지원** 이창대
디자인 프린웍스 **인쇄** 대일문화사
펴낸곳 코리아하우스
주소 서울시 마포구 노고산동 1-69 원석빌딩 202호
구입문의 070-8289-1052
내용문의 02-706-1178 **FAX** 02-6455-1052
홈페이지 http://cafe.naver.com/koreahousecafe
등록 2008년 11월 11일 제313-2008-193호

ⓒ엄재경 · 최경아 · 2009
ISBN 978-89-93769-05-0 17810
978-89-93769-03-6 (세트)
값 11,500원

커피·열정 그리고 사랑

Crazy Coffee Cat

크레이지 커피 캣

2

글 **엄재경** · 그림 **최경아**

코리아하우스
Koreahouse

 **작가의 말**

글·엄재경

스토리 작가들은 이런 말을 자주 한다. '만화 스토리 작가는 얕고 넓게 알아야 한다.'

필요할 땐 좀 더 깊이 파고들지라도, 아주 깊은 수준의 지식은 굳이 필요치 않다. 그래서 나는 술자리가 됐건 차 한잔 마시며 수다를 떠는 자리가 됐건 어떤 소재의 이야기가 나와도 은근슬쩍 껴들 수 있을 정도의 잡학다식만 갖춘 편이었다. 그랬다, 커피만 빼고.

커피를 소재로 만화를 만들기로 하면서, 책도 여러 권 사서 읽었고, 인터넷을 통해서도 많은 공부를 했다. 여러 유형의 커피 전문점을 다니며 유심히 관찰하고, 전문가들에게 질문도 많이 했다. 시행착오를 반복하며 수동 로스팅을 해 보았고, 할 수 있는 오만 가지 방법을 통해 추출도 해 보았다. 커피에 관해선 잡학 정도는 넘어서는 수준이 되어갔다. 그렇게 커피에 관해 지식이 커져가면서 만화에 엉성하게 접목시킨 커피 이야기를 발견할 때마다 낯이 뜨거워졌다. 어떻게 해야 커피를 만화에 멋지고 부드럽게 녹여낼 수 있을까.

아직도 해답은 찾지 못했다. 정답으로 가는 포장도로는 여전히 공사중이다. 하지만, 그것을 대체할 오솔길 하나를 찾은 듯하다. 커피에 관해 공부를 하면서, 커피가 점점 좋아진다. 나도 모르게 커피에 대해 사랑하는 감정이 생겨난다. 그래, 그저 그것을 담자.

세상은 원래 그런 것인가 보다. 죽고자 하면 살게 되고, 버리면 이내 내 것이 된다. 나는 그저 어떻게 하다 보니 커피를 좋아하게 되었다. 순정만화를 시작하던 초기의 흉내내기를 포기하자 내면에서 영감이 떠오르기 시작했다. 오, 그래, 이렇게 해 보자.

나는 오늘도, 한 잔의 커피를 마시며 순정만화를 구상한다.

그림·**최경아**

처음 원두커피를 접했을 때의 기억이 난다.

'쓰다!!' 이렇게 쓰기만 한 커피를 꼭 누룽지 탄 국물 같은 걸 뭐가 맛있다고 비싼 돈을 주면서 먹을까?! 그래서 그냥 자판기 스타일로 달라고 한 적이 많다. 물론 집에서도 인스턴트 커피만을 고집했었다. 설탕을 잔뜩 넣어 만든 그야말로 원고를 하기 위한 필수용품처럼… 각성제처럼.

요즘 내가 살고 있는 홍대주변엔 조그마한 까페들이 매우 많이 생겼다.

개성 있고 예쁜 까페들이 커피향을 내면서 거리에 꽃을 놓고 독특한 스타일로 발을 잡는다. 처음에는 호기심에 그리고 맛에 놀란다.

모든 까페가 그런 것은 아니지만 핸드드립으로 직접 로스팅한 커피를 내는 곳은 내가 먹어봤던 그런 원두커피가 아니었다.

싱그럽다. 향도 진하다. 매끄럽고 부드럽게 넘어간다. 그건 신선함이었다. 원두의 신선함.

커피도 음식이다!

인스턴트만 먹던 내게 너무도 당연한 사실을 깨닫게 해 준 사실이었다.

지금은 생두를 사서 직접 집에서 볶고 있는데 살아서 움직이는 원두를 볼 수 있다. 집안에도 커피향이 가득하다.

커피도 살아있는 음식임을 그리고 재료의 신선함이 순수함이 얼마나 중요한가를 느끼면서 한 잔 한 잔을 마신다.

Crazy Coffee Cat

천방지축 고양이라의 커피회사 입성기!

"고양이가 아니라 '고양이라' 라구!"

이력서에 대충 흘겨 쓴 '나는 커피에 미쳤다.' 라는 한 마디와 특이한 이름 덕분에 동남식품 면접장에서 순식간에 '커피에 미친 고양이' 란 뜻의 〈Crazy Coffee Cat〉이 된 고양이라. 커피의 '커' 자도 제대로 모르고, 아라비카와 아라비아도 구분 못해 망신을 당하지만 '앞으로 커피에 미치고 싶었을 뿐이었다!' 라고 당당히 말한 뒤 면접장을 빠져나온다.

100% 탈락 예감에 방바닥만 긁던 고양이라. 하지만 **그녀의 앞으로 날아온 우편물에는 합격 사실이 통보되어 있었다.** 이제 고양이라는 진짜 커피에 미쳐보기로 결심하는데…

신입사원 신체검사 날, 고양이라의 핸드폰으로 날아온 의문의 문자.

'회사 뒷길 〈캣츠 아이〉로 가 볼 것'.

신체검사장에서 면접 동기였던 오영광과 간단한 인사를 나눈 고양이라는 호기심 반, 의심 반으로 문제의 카페를 찾게 되고, 그곳에서 **그녀는 지금껏 알지 못했던 진짜 커피 맛에 눈을 뜨게 된다.** 왠지 자신이 누군가에게 조종당하고 있는 듯한 묘한 기분에 우왕좌왕하던 고양이라는 지나가던 한 남자와 잠깐의 말다툼을 하게 되고, 그가 떨어뜨린 신분증을 줍는데 신분증 주인의 이름은 왕병태! 하지만 그는 다름 아닌 인기가수 남궁윤이었다.

평소 본명을 철저히 숨기고 활동하던 남궁윤은 고양이라가 자신의 본명을 알게 되자 크게 당황하고, 그녀의 입을 막는 조건으로 자신의 팬인 고양이라의 친구들과 일일데이트를 약속한다.

한편 고양이라의 대학 선배로 평소 그녀를 마음에 두고 있던 위지원은 자신의 회사에 합격한 고양이라의 이력서를 훑어보다 써니에게 들키고, 지원을 좋아하는 써니는 고양이라의 뒷조사를 하기 시작한다.

CRazy COffee Cat

    남궁윤과의 약속 날, 고양이라는 친구 은강과 함께 약속 장소인 놀이공원에 도착하지만 은강이 가벼운 접촉 사고를 내는 바람에 혼자서 남궁윤을 만나게 된다. 사실은 둘이 만나고 싶어서 의도적으로 일을 꾸민 게 아니냐는 남궁윤의 비아냥거림에 자존심이 상한 고양이라는 울컥해서 집으로 돌아가려 하지만, 자신이 사고를 해결하고 올 때까지 기다려 달라는 은강의 완곡한 부탁을 떠올리며 화를 참는다. 하지만 남궁윤 역시 고양이라와 일찍 헤어질 수 없는 이유가 있었다. 자신의 본명을 가지고 협박하면서도 미안한 기색 없이 당당한 고양이라가 얄미워 미리 복수할 계획을 세워 두었던 것. 그렇게 서로의 본심을 숨긴 채 놀이 공원을 누비던 두 사람은 카페에 들러 커피를 마시는데, 고양이라는 이곳에서도 '아메리카노'와 '아메리칸 커피'를 구분하지 못해 남궁윤에게 망신을 당하고 만다.

갑자기 쏟아지는 소나기를 피해 관람차를 타게 된 두 사람은 서로에게 묘한
감정을 느끼고 갑자기 다가오는 남궁윤에게 두근거림을 느낀 고양이라는 살짝
눈을 감지만 뭘 기대한 거냐는 남궁윤의 놀림에 분개한다. 당장이라도 집에 돌
아가고 싶은 충동을 억누르며 은강을 기다리는 고양이라에게 남궁윤이 다가와
사과를 하고, 두 사람은 꿈에 관한 이야기를 나눈다.

커피를 통해 사람들에게 감동을 전하겠다는 고양이라의 꿈에
대해 남궁윤은 '인스턴트 커피 만드는 회사에 입사한 사람이
진짜 커피에 대해 논하는 것 자체가 우습다' 며 그녀의 꿈을 무
시하지만 고양이라는 결코 자신의 꿈을 포기하지 않겠다며
당당히 맞선다.

한편 신입사원 연수를 떠난 고양이라는 그곳에서 새로운
사람들을 만나게 된다. 면접동기인 오영광을 포함해서
각각의 개성을 가진 다섯 남자와 한 팀이 된 **고양이라
는 조금은 떨리고, 조금은 설레는 마음으로 연수 생활
을 시작한다.** 하지만 각 팀 별로 역할을 정하는 자리에
서 자신을 사장으로 추천하는 오영광 때문에 당황하는
데……

Contents

SPECIAL TOUR

커피전문점 Best.13

01 C.C.C

어쩌다 분위기가
이렇게 된거야….

제일 중요한
사장이 결정됐으니
팍팍 진행합시다.

깍두기
하실 분?

하…
하… 하….

인간들
진짜….

역시
만만치
않은걸~.

이의 없는 걸로
간주하고
지금부터
각 직책을
정합니다.

자타공인이겠죠?
대변인은 편안한
이미지의
오영광 씨고요.

몸으로 하는 거
자신 있다 하신
김시훈 씨가
머슴.

힘도
세실 듯~.

이상하게
받아들이지
마라, 마~.

날렵한 재주꾼 인상의
안경민 씨가 정보통을
해 주세요.

오오오~
나 깍두기
당첨~~!!

디자인
전공하신
변영철 씨가
서기입니다.

그리고
깍두기는…

나 겁나
악필인데….

우리 팀엔 없습니다.
자율적으로 정하라
했으니, 제가 정합니다.
석사까지 공부하신
전수진 씨는 팀의
연구원입니다.

모두의 역할은
연수가 어떻게
진행되는가에 따라
유동적일 거예요.

석사, 그거 개나 소나
하는 거예요~!
난 암것도 몰라요~!

보통이 아닌데? 순식간에 사람들 특징을 잡아내서 적재적소에 배치한 것 같군. 이미지를 읽는 능력이 대단해.

워어~ 한 번 듣고 우째 사람들 이름을 대번에 외웠노. 난 고양이라 씨밖에 기억 안 나는구만.

제법 귀엽네.

몸~! 힘~!!

사장 자알 뽑았네~.

제가
제일 어리고 그래서
그냥 모두 오빠라고
할까 했었는데
팀대표도
맡게 되었고,

연수 끝날 때까지는
누구누구 씨라고 할게요,
전부.

오…
오빠…!!!!!!

안 돼애애~~!!!

사장 새로
뽑아~~~!!

누가 이래
만들었노~~!!!

이건
배후가 있어!

이건 뭐…
오빠 날아간 거 한 방에,
일순간에 비열한 거리로
돌변하는구나….

개성이 강한
한 명 한 명이
모여 한 팀을
이루고,

그 팀들이 또
나름대로의
캐릭터를 가진다.

연수는 교육이면서 동시에
자그마한 사회. 학생 신분에서
사회에 첫 발을 내딛는 새내기들에게
선물로 주는 일종의 힌트 같은 걸까나…

제 생각은 좀 달라요. 일단 모두의…

그건 다른 팀원들에게…

다른 사람들도 다 비슷할까. 나는 음… 무중력에 내던져진, 약간의 현기증, 그리고 싱그러운 흥분상태.

팀명 발표를 하겠습니다. 정해진 순서는 없습니다. 자발적으로 먼저 하고 싶은 팀에서 먼저 하시면 됩니다.

사장, 혹은 대변인 중 아무나 하시면 되고, 단상에 나오셔도 좋고 자리에서 큰 소리로 하셔도 좋습니다.

가급적 강렬하게 팀의 인상을 심어주시길.

마지막 날 블루 카드를 다시 나눠주는데, 거기에는 연수가 끝나는 시점에서의 바뀐 인상을 같은 방법으로 써서 돌릴 테니,

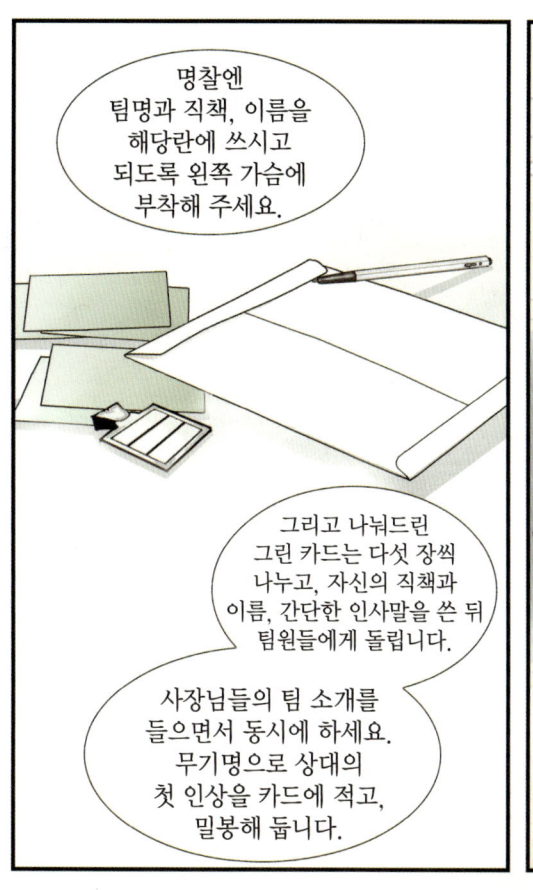

명찰엔 팀명과 직책, 이름을 해당란에 쓰시고 되도록 왼쪽 가슴에 부착해 주세요.

그리고 나눠드린 그린 카드는 다섯 장씩 나누고, 자신의 직책과 이름, 간단한 인사말을 쓴 뒤 팀원들에게 돌립니다.

사장님들의 팀 소개를 들으면서 동시에 하세요. 무기명으로 상대의 첫 인상을 카드에 적고, 밀봉해 둡니다.

별 희한한 걸 다 하네…

그 때 두 장을 같이 확인하는 걸로 하고, 지금 받은 그린 카드는 보지 말고 봉인해 두세요.

저희 팀 이름은 라스트 제너레이션입니다. 저는 사장 박지언입니다. 팀 명칭에 대해서는 대변인이 자세히 소개할 겁니다.
팀의 대변인, 이로미 씨를 소개합니다.

안녕하세요, 줄여서 '라제' 팀의 대변인, 이로미입니다.
우워어~~!! 귀엽다~~!!!
짝 짝 짝

사장이자
대변인,
신경진입니다.

우리 팀은…
머슴이 둘,
깍두기가 둘이에요.
한 명이 서기와
정보통을
같이 하고요.

제가 사장과
대변인을 겸임합니다.
그런 팀도
잘 굴러갈 수 있다는 것을
제 능력으로
증명하겠어요.

……!

크크크,
여왕벌인가~

와하하하하!
완전
당나라구만~!

팀 이름은
뭐죠?

팀 이름은…
흠, 저는
결사적으로
반대했지만…

동남의
젊은피!!!

동남의 젊은피!
우리도 줄여서
동피!! 똥피!!!
아싸~~!!!

촌스러,
촌스러~!!!!

동남 식품 신입 사원 연수
'새내기 사우 여러분, 환영합니다!'

으하하하하하!!!
겁나 유치해!!!

원래 딜딜한
무거당 아저씨들하고
팀이 됐나 보군. 아오~
교소해~.

큭큭큭

저희 팀명은 펜타곤이고,
저는 사장 서완철입니다.
펜타곤은 미국 국방부의
모습이기도 하죠.

여섯 명으로
이루어진
우리는 그 모습
그대로…

펜타곤은
오각형인데?
육각형은
헥사곤 아닌가?

아차!

그것은……

ㄷㄷㄷ…

설마
그런 실수를
하나?

팀에 사람이
여섯인데….

캐망신…

확인해보니
1반과 3반은 여사우가
9명, 10명이라고
합니다! 왜 우리 반만
여사우가 4명인
겁니까!!!!

5개반 25개 팀에서
남자로만 구성된 팀은
우리팀뿐이라구요!!!

그래서
총각파티
구나!!!

유부남도
있는 거
같은데!

우오오오오오~~
~~!!!!!!

NEGATIVE SCREA

하하하하하하!!!

C.C.C의 사장,
고양이라입니다.

팀명 소개는
대변인인
오영광 씨가
할 거예요.

후, 떨리네,
이것도….

CCC는 이니셜입니다.
커피에 미친 고양이,
고양이라 씨를 사장으로
똘똘 뭉친, 'Crazy
Coffee Company' 의
약자입니다.

그래,
이 정도로
하자.

다들 뭐라고
썼을까?
아, 궁금해~.

주섬주섬

착착

멋진 팀명 소개
잘 들었고요. 지금부터
방배정, 간단한 행동 요령을
전달하겠습니다.
아침 기상 시간은
자유입니다.

우아아아
아아아!!!!!

만세!!!!!
최고!!!

단, 아침 체조 시간은 일곱 시고, 체조 불참시 퇴사 의사로 간주합니다.

으 에에에~~~.

뭐야~ 조삼모사도 아니고 나 원~.

각팀 남성 사우들은 팀별로 한 방을 쓸 테고요, 여사우들은 여사우들끼리 모여서 한 방을 사용합니다.

아니, 그럼! 다른 팀은 5명이 한 방을 쓰고 우리 팀만 6명이 쓴다는 겁니까!!??

남자들끼리만 있는 것도 서러운데 방배정에서까지 차별대우 하깁니까?!

우워어 어어어!!!!

여자들끼리
같은 방이면…?

길 위에서 만난 사람들과 함께하는 커피 한 잔

'길 위의 커피'

공기업에 다니던 남자와 방송국에 다니던 여자가 뭉쳐 탄생한 '길 위의 커피'.

대학 동아리 선후배 사이였던 두 사람은 서로 사회 생활에 지쳐갈 때 쯤 우연히 만나 의기투합했다. 2년 동안의 준비기간를 거쳐 전주에 자리 잡은 커피 집이 바로 '길 위의 커피' 다.

'길 위의 커피'는 이름 그대로 길 위에서 만난 사람들과 커피 한 잔 하는 쉼터 같은 편안한 카페다. 아르바이트를 쓰지 않고 주인이 직접 운영하는 탓에 '길위의 커피'를 찾는 연령대는 어린 학생부터 4~50대까지 다양하다.

'길 위의 커피'의 가장 큰 특징은 바(bar) 중심이라는 것이다.

두 주인은 이 바(bar)를 중심으로 손님들과 소통한다. 물론 그 매개체는 커피다.

또한 대학교 앞에 위치한 만큼 학생들을 위한 세미나 룸도 따로 마련되어 있다. 세미나 룸에는 대형 윈도우 칠판, 스크린, 빔프로젝터가 설치되어 있어 학생들이 자유롭게 이용할 수 있다.

카페의 인테리어를 오기사라는 필명으로 유명한 오영욱 씨가 맡았다는 점 역시 독특하다.

● 주소 : 전북 전주시 덕진구 금암동 664-44번지 2층
● 전화번호 : 063-278-2460
● 영업시간 : am 10시 ~ am 12시 (일요일은 pm 2시 오픈)
● http://blog.naver.com/waveshadow

02 첫인상?

짜증나게…

내가
제일 언니네.

학번도 위고,
언니라고
할게요.

나도.

모두 좋다면
그렇게….

경진 언니.

입사 동긴데, 다들 말 놔.

안 돼. 역시 그건 아니야.

?

그리고 생긴 건 내가 제일 어려보이기도 하고.

어려 보이긴~. ㅎㅎㅎ

그럼, 말 놓지 뭐.

나도~. 하지만 솔직히 젤 어려보이는 건 아니다~.

마지막 날 블루 카드와 같이 열어보라 했는데 혼자만 열어 볼 수도 없고~.

뭐라고들 썼을까? 아~ 궁금해.

하나같이 글씨 정말 지지리도 못쓰네.

왜 내 미모를 칭송하는 말은 하나도 없는 거지~.

!

다섯 명이 어쩜 이리도 일관성이 있을까, 그래~.

'리더십 킹왕짱 이신 듯'

'왓에버 당신 뜻대로' 이건 또 뭐야?

모두들 그냥 보잖아!!!!!

'우먼 파워 그 자체'

'사장마마 만만세'

여왕께 충성을. 웃겨, 아주~ 이게 첫인상이냐? 인간들 정말….

yeun008 : 이름이 장미향…? ㅋㅋㅋ 우리 엄마랑 이름이 똑같네…^^

그렇구나. 남자들은 팀원끼리
한 방을 쓰니까 그냥 꺼내보기
서로 눈치 보이겠지만
우리는 우리끼리만
안 본 것으로 하면…

내 첫 인상이
어땠을까?

'당찬 현대 여성. 멋짐.'

누가 쓴 거지?

너무
왈가닥처럼
굴었나….

정말 답답 스럽고
싫군요. 하지만
끝까지 무서워요~.

여자겁다기보다는
좀 나대는 스타일?
일단 지켜보겠습니다.

누겨!
뭥미?!

때리지
마세효

이건…?

누구지……?

연수 끝나는 주
토요일,
둘이 만납시다.

누굴까… 글씨체로 알 수는 없어.
5명 모두 괴발개발 날려 쓴 글씨인걸.

내가 쓴 건 모두
내가 쓴 걸로
알아 볼 텐데,
나만 손해야, 씽~.

나르시시즘은 다들 거기까지! 늦지 않게 강당으로 가자.

언제 또 옷들은 갈아입었대~.

으... 궁금해~.

rlgns80123 : 토요일 약속;;; 누구려나 ㄷㄷ;; 설마 의외의 인물?!

와아아

엄청난 기백이네…
강당 안을 일순간에
휘어잡았어…!

사이비 종교
교주도 아니고
무슨 책임 이사가
저래?

어머,
저 아저씨
재미있는 거
같아~.

나름
미중년~

나이 값 좀 하시지? 늙어서 튀려고 발악하니까 추하네요.

언제부터 교육 쪽 담당했었다고… 제멋대로 연수 책임 이사? 흥!

어떤 이야기부터 할까… 내가 이사직을 걸고 장담하는데, 흠.

제군들 중
최소 절반은
2년 내로
퇴사한다,

저게… 저게 지금
신입사원들 앞에서
할 소리냐???

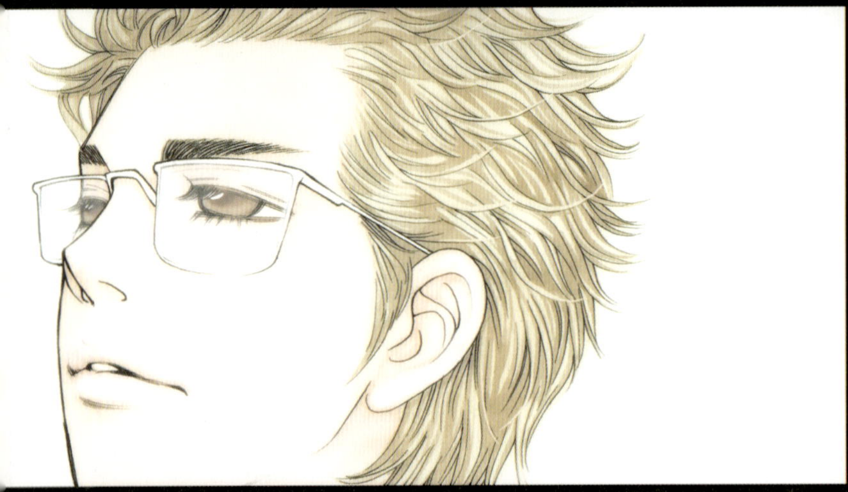
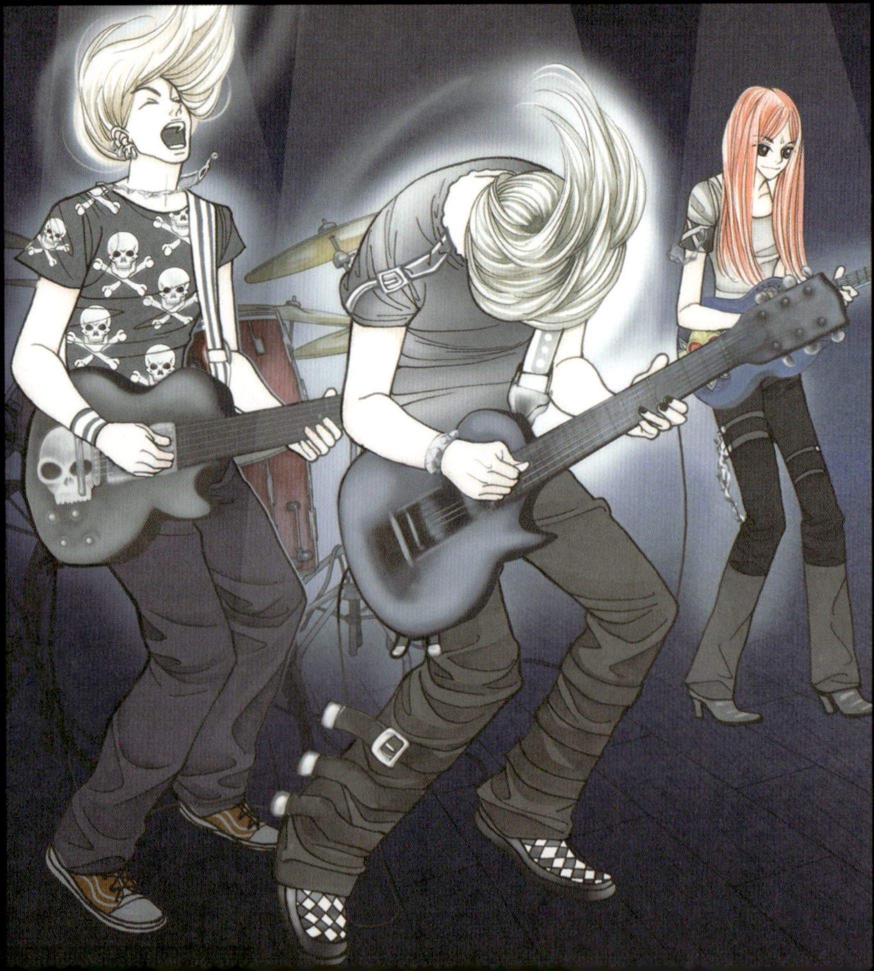

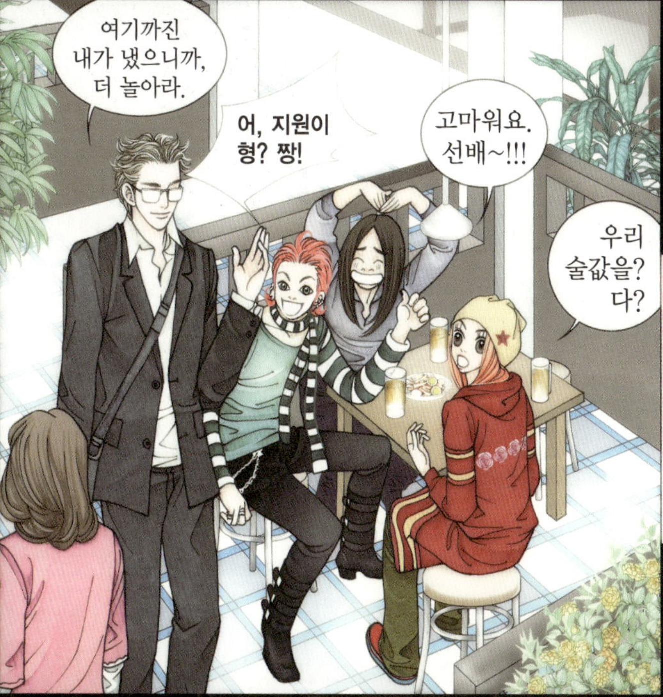
여기까진 내가 냈으니까, 더 놀아라.
어, 지원이 형? 짱!
고마워요. 선배~!!!
우리 술값을? 다?

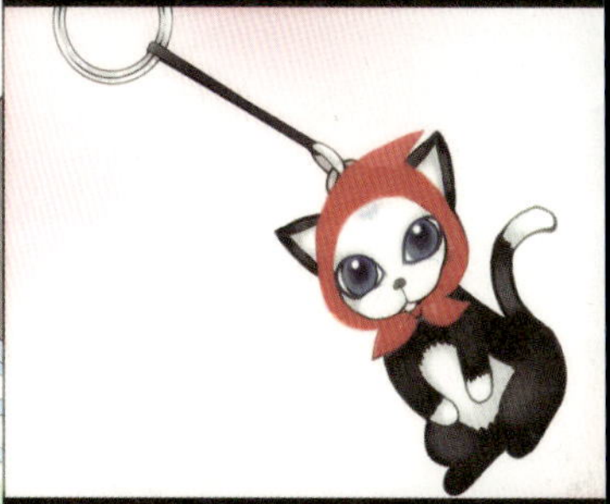

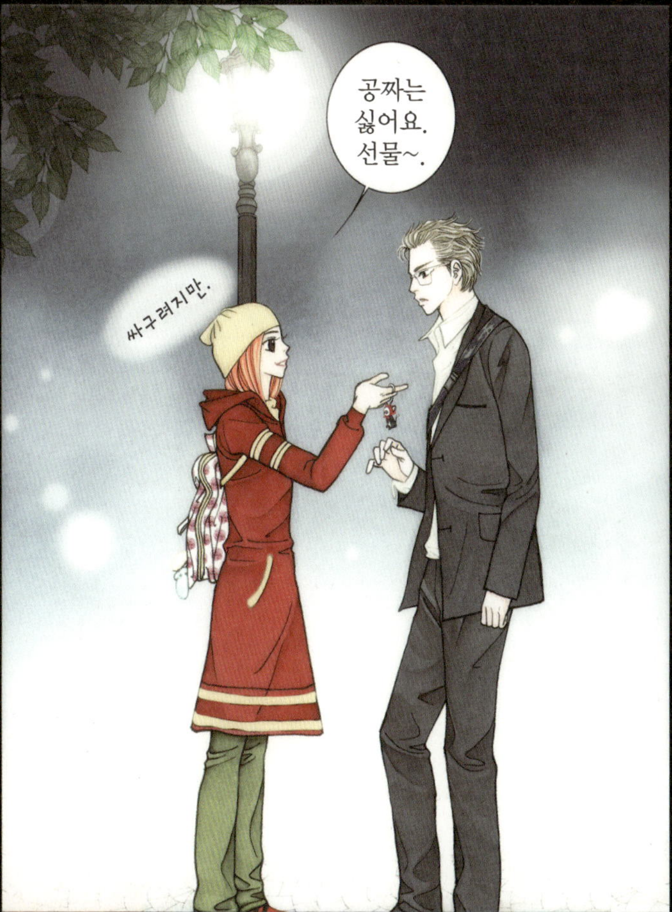
공짜는 싫어요. 선물~.
싸구려지만.

조금씩 자주 볶는 원두의 신선함

'커피공장'

'커피공장'은 최고급 아라비카로 직접 블렌딩 및 로스팅을 한 커피만을 사용하는 커피 전문점이다.

이 곳을 찾으면 평소에 맛보기 힘든 자메이카 블루마운틴, 하와이언 코나를 비롯한 총 15종류의 드립커피를 맛볼 수 있다.

가게 안에는 250g 짜리와 5kg 짜리 두 대의 로스터가 있는데 핸드드립용 콩은 가게에서 250g짜리 로스터로 조금씩 자주 볶아 신선함을 유지하는 것이 커피공장표 맛있는 커피의 비결!

드립 커피 외에도 에스프레소 베리에이션 메뉴들이 다양한데, 특히 수제 요거트 아이스크림 위에 에스프레소를 얹은 '커피공장식 아포가토'는 일반 커피점에서 바닐라 아이스크림을 이용하여 만든 아포가토와는 완전히 다른 커피공장의 인기메뉴다.

그 외에 커피를 잘 못 드시는 손님들에게 인기 있는 오레오 너트 프라페 등 독창적인 음료도 있고 커피와 함께 먹을 수 있는 와플, 허니 브레드, 치즈케익, 베이글 등의 메뉴도 다양하다.

'커피공장'으로 들어서는 입구의 벽은 손님들이 직접 그린 나무 조각으로 장식되어 있고, 내부는 타자기, 책, 아코디언 등 아날로그 적인 인테리어로 꾸며져 있다.

● 주소 : 대구 중구 동성로 2가 65-1 지하
● 전화번호 : 053-425-8982
● 영업시간 : am 11시 ~ pm 11시
  (주말과 공휴일은 am 12시까지)

03 커피는 음식이다

maria94314 : 써니하고 위지원하고 무슨 사이임?

내게 거짓말을 해 줘….

…여기에서 공부한
친환경 경영이니,
와해성 혁신이니
이런 것들은 모두 구름 쫓는
이야기가 될 테고,

부서 배치를 받아
환상이 아닌 현실에
발을 내딛는 순간,
연수원에서 받은 교육은
모두 일장춘몽.

복지부동의 중간간부와
무능한 선배들에 실망하면서,
속았다는 기분만
남게 될 겁니다.

오늘 하룻동안
꾼 꿈이…
한 번에
무너지네…

왜 이리
힘 빠지는 말만
해 주는 거지…

그래서 나는
애초에 생기지도 않을
애사심 고취
이런 것보다는

실질적으로
제군들에게 도움이 되면서
결과적으로 회사에도
이득이 될, 두 가지
'사실 전달'만을 하겠습니다.

이건 뭐…
회사에 애정을
가지라는 거야,
말라는 거야?

내 말이~.

일단 더
들어보고.

내가 어떤 땅에 발을 딛고 있는지를, 내가 무엇을 하는지를 알아야 합니다.
밥솥을 팔건, 철근을 팔건, 농산물을 팔건, 라면을 팔건 영업을 하는 사람은 영업만 하면 끝이라는 마인드,
치약을 개발하건, 반도체를 개발하건, 실용 디자인을 하건, 개발하는 사람은 개발만 하면 된다는 마인드,
이런 것은 사람이 살아도 사는 것이 아닙니다.
첫째! 우리는 '커피를 하는' 사람들이다.

커피로 감동을?
당신이 지금 어떤 회사에
취직한 건지 알고는
있는 거야?

할 수…
있을 것 같다.

커피, 그 자체에 대한
인식이 커지고 커피 문화가
새롭게 바꿔어 가는 게
그들로서 좋을까?

당신의 말이 오히려
더 진실에 가깝고,
내가 어린애 같은 생각을
가지고 있는 건지도 모르지만…

당신이
미처 생각하지 못했던
변수를 내가
발견한 것 같아.

여기에서
내 꿈을… 이룬다!

우리 반
선배님?

아… 네.
저요?

써니…

위지원이라고
알지?

네? 잘…
모르겠는데요…?

뭐야…
보자마자
반말을…

모…
른다고?

누굴… 말씀
하시는지…?

왜지? 무언가
적개심같은
것이…

이게 누군가!? 크레이지 커피 캣 아닌가?
?
하하! 캣츠 아이 어때? 뭐 좀 좋은 거 한 잔 얻어 마셨어?
아… 안녕하세요.
이 사람이 보낸 문자였구나….
……?
원래부터 알았어?

저, 이사님…

응? 아! 아, 그래.

열심히 하라구! 열심히 해!

예….

뭐야?
성무백 라인이었던 거야?
이거… 점점 더
꼴사나워지네…?

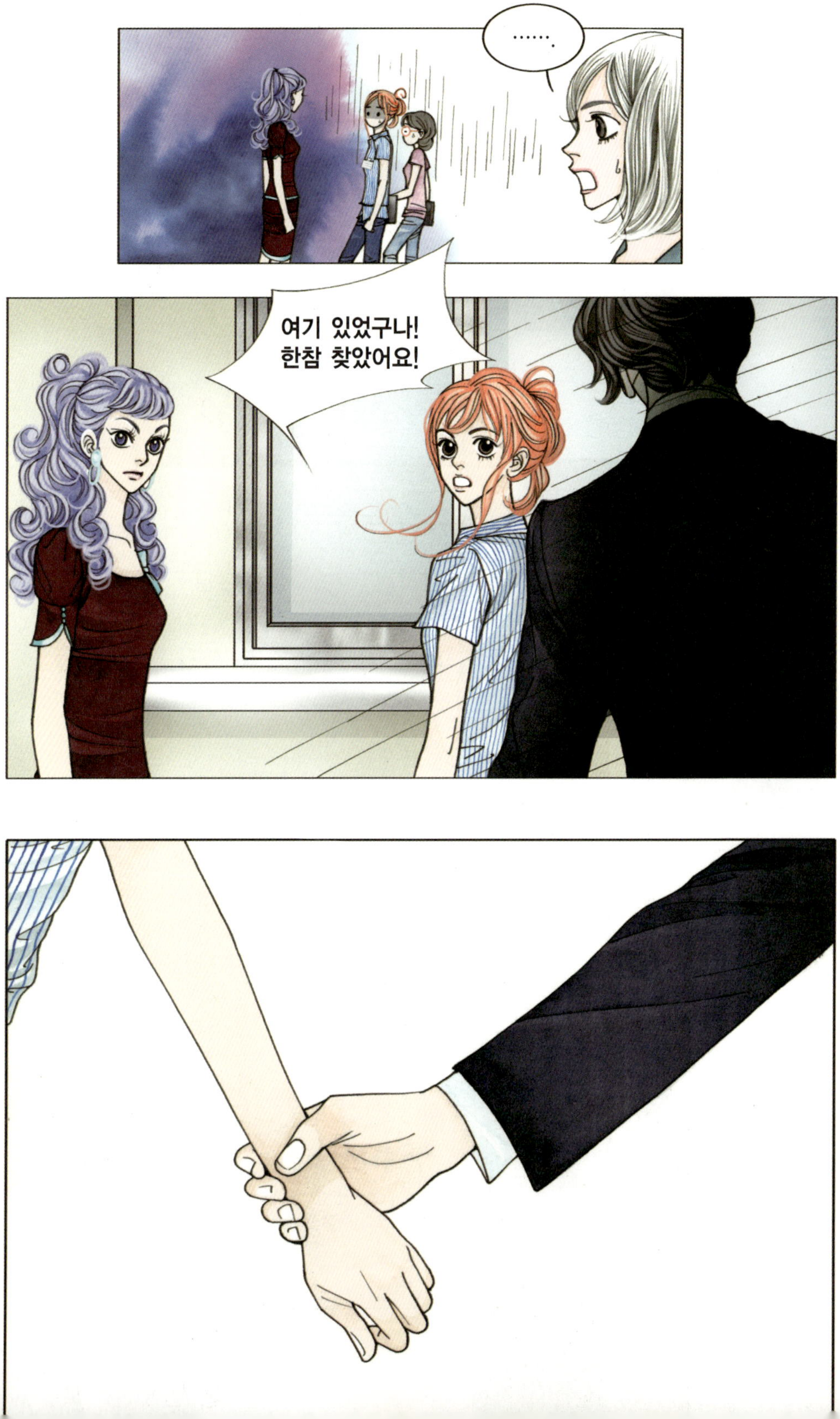

……․
여기 있었구나!
한참 찾았어요!

아… 구세주다.

Special Tour Ⅲ

아기자기한 인테리어와 부드러운 커피향

'카페하루'

'카페하루'는 홍대에 자리잡은 작은 로스터리 카페다.

이틀에 한 번씩 볶은 신선한 원두만을 사용하여 블렌딩 커피뿐만 아니라, 원산지별 스트레이트 커피의 다양한 맛을 즐길 수 있다는 것이 '카페하루'의 강점이다.

아기자기하게 꾸며진 '카페하루'에서 핸드 드립의 부드러운 향과 깊은 맛을 느껴보는 것은 색 다른 경험이 될 것이다.

〈크레이지 커피 캣〉의 열혈 팬이라는 사장님의 조근조근한 목소리에서 느껴지는 진한 커피향 은 손님들이 '카페하루'를 즐겨 찾는 진짜 이유인 듯하다.

● 주소 : 서울시 마포구 서교동 402-6 마네빌딩 1층
● 전화번호 : 070-7594-7516
● 영업시간 : am 11시 ~ am 12시

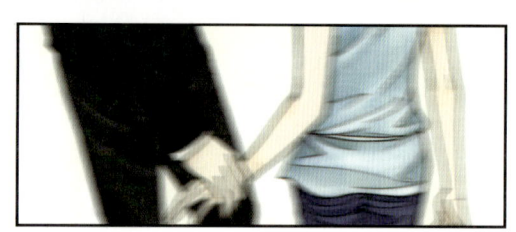

04 도전자

분위기 보니 왠지 난처한 상황인 거 같아서 오버 좀 했어… 요.

센스 좋으세요. 고마워요.

덕분에 손도 한 번 잡아보고, 하하.

……!

사람들 다 기다리고 있다는 말은 사실이니, 어서 갑시다.

역시 아닌가?

그 글을 쓴 사람이
오영광 씨였다면
둘이 있을 때 슬쩍
이야기할 법도 한데…

연수 끝나는 주
토요일, 둘이
만납시다.

아, 답답하네…

아까 말하는 것만 봐도 평범하진 않던데 정말?

인사과에 내 선배가 있는데, 아까 연설한 성무백 이산가 그 사람 진짜 골때린다 카대?

회장이나 사장 말도 잘 안 듣고, 직급은 부장이면서도… 음… 이사들 중에서도 성향이… 그걸 뭐라 카드라?

소장파?

맞다, 소장파! 소장파 이사들도 성무백 부장 중심으로 많이 뭉친다 카더라고. 반회장파 실질적인 수괴라는 말도 하든데?

많은 반대에도 불구하고 리스크가 큰 프로젝트를 주로 밀어 붙이는데,

실패한 적이 없고 실적이 워낙 좋아서 여태 이사 못 단 게 오히려 이상할 정도래~.

그런데 어떻게 안 짤릴 수가 있는 거지?

그 도전,
받아들이죠.

마침 우리 다섯 명이니, 농구로 합시다. 시간은 내일 일과 후에.

…….

그런데 그 쪽이 지면 어떻게 되는 거죠?

맥주 한 짝!!! 그 자리에서 쏜다!!!

콜! 내일 봅시다.

오키 바라

맥주?

맞바꿀 사람은 제비뽑기로 뽑는 거죠?

너희끼리 결정들 해라. 난 사장이잖아~!

아우, 형~!

좀 놀랐죠?
튀는 친구들 기 좀
꺾어놓으려고…

그게
아니고요.

아, 농구론
절대 안 질 테니
걱정 말아요.
다 생각이 있어서…

그런 문제가
아니잖아요,
지금!!!

?

……!?

난 반대였어. 행여라도 지면 어떡해.

연수 끝나고도 이라 씨는 계속 만나야 하는데.

그건… 혹시 이 사람이 쓴 건가…? 변영철 씨?

연수 끝나는 주 토요일, 둘이 만납시다.

지면 절대 안 돼요~ 그럼 내 원대한 계획이~ 그리고 우리 팀원끼리 교환한 그린 카드는 어쩌라고~.

엥? 저렇게 말하니 전수진 씨 같기도 하잖아?

아아아아…
의문은 깊어만
가는구나…

이 사람 카드엔
뭐라고 적지…?
사실 첫 인상이
아니잖아, 지금?

오영광 씨의
첫 인상은…

그래,
이 정도로
하자.

볼 때마다
새로운 느낌을
주시네요. 연수 끝날
때쯤엔 어떤 인상이
돼 있을지?

볼 때마다
새로운 느낌을
주시네요.
연수 끝날 때쯤엔
어떤 인상이
돼 있을지?

자상한 것 같으면서
제 멋대로인 거 같기도 하고…
도통 모르겠어,
이 사람은…

이라,
자니?

Special Tour Ⅳ

알콩달콩 바리스타 부부의 보금자리

'준과랑'

로스터리 카페 '준과랑'의 의미는 카페의 두 사장 심의준 씨와 김영랑 씨의 이름을 살펴보면 짐작할 수 있다.

두 사람의 이름을 걸고 끝까지 해보겠다는 책임감을 담아 지은 카페 이름이다.

'준과랑'이 위치한 3층짜리 건물은 두 부부가 직접 설계하고 건축한 곳이다. 1층은 카페로, 나머지 층은 가족의 보금자리로 사용하는데, '평생 이 자리에서 행복하게 커피를 만들자'는 두 부부의 생각이 그대로 묻어나는 곳이다.

'준과랑'에는 에티오피아, 브라질, 콜롬비아, 페루 등 13종의 원두 커피와 에스프레소 등 베레이션 커피가 항상 준비되어 있는데, 대학교수, 직장인, 학생 누구를 막론하고 느림을 즐길 줄 아는 다양한 사람들이 즐겨 찾아온다.

● 주소 : 강원도 원주시 단구동 1644-15번지
● 전화번호 : 033-763-5588
● 영업시간 : am 11시 ~ am 12시
　(휴일은 pm 1시 오픈)

05 커피의 날 Part I

나 안 자.
누구?
경진이?

그래, 경진.
머리 이 쪽으로
좀 해 봐.

왜?
할 말 있어?
좀 졸린데….

잠시면 돼.
한두 가지만
물어 보자.

너, 빽으로
들어왔냐?

뭐?

그런데, 그런 이야기를 나한테 왜 해주는 거지?

이상해서.

면접 때 생각하면 넌 빽으로 들어온 게 분명한 거 같은데, 사람은 그런 거 같지가 않아.

아빠, 나 회사는 다녀 보고 싶어~. 음 냐음냐…

유유상종이라고, 코드가 비슷한 사람들은 서로를 느낄 수 있는 거잖아? 동류인가 아닌가.

너, 조금 재수 없어. 나랑 닮은 데가 많거든.

그래서 밉지는 않은 거 같아.

고마워…

정말… 고맙다…

그린 카드 때문에
안 그래도 머릿속이
복잡한데
이런 메가톤급
고민이 또….

몸도 피곤하고
괴롭겠지만, 찬찬히
고민해 봐라.

내가 사회생활
조금 더 해봐서 아는데,
이유여하를 막론하고
선배한테 찍히면 회사생활
심하게 고달파질 수…

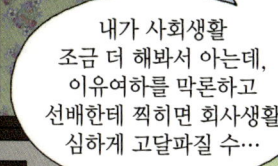

그 새 잠든
거냐!!!!!

ZZZ

각 팀의 발표 내용과 형식을
상호간에 평가하는 방식이고,
누적된 평가 점수로
마지막 날 반 내 최우수 팀을
선발하게 됩니다.

이런 거
뭐하러 하는
건지….

왜 저렇게 화난
표정이지…? 혹시
나 때문인가…? 난
영문도 모르는데….

거기까지!
다음은
내가 말하지.

정리하자면
이렇다.

팀별로 주제를 잡은 뒤 주어진 시간 동안
연수원 내 자료실을 열람하건,
인터넷이 가능한 전산실을 이용하건
가능한 정보를 수집해 뮤지컬이 됐건,
군무(群舞)가 됐건, 광고 패러디가 됐건,
무엇이든 만들어 연습하고 발표한다.

평가는 자신의 팀만
빼고 서로가 서로에게
점수를 주는 방식.
다른 팀에게
줄 수 있는
최저 점수는 5점,
최대 점수는 10점.

선배 사원과 책임이사는
5개 팀 모두에게 점수를 주고,
0점에서 20점까지 자유롭다.
모두 만점을 받았다면
정확히 100점이 된다.

웅성
우리 팀은 그냥 교실에 남죠? 일단 토론부터.
라제팀은 빠르게 매점으로 이동합니다!
웅성
형, 우리는 이런 거 대충하고 농구연습이나 하죠?
우린 기다리면 되지? 사장님이 하라는 대로 다 할 테니까~.

어떻게 우리 팀은
항상 시작이 이렇게
힘든 거지….

응답할 것.

뭔 소리여?
뜬금없이?

분위기 팍
깨부냐…

뜬금없긴.
브레인 스톰이
원래 그런 거지.

뭐지,
이건……?
마치…

신호를 보냈으니
응답하라는 거야?
아니면 신호를 보낼 테니
응답하라는…?
꼭 암호같이…

아니야, 그냥
브레인 스토밍 중에
나온 아무 의미없는
말일 수도 있어.
아니, 그럴 가능성이
오히려 가장 높지, 사실.
내가 괜히 오버하는 거
같은데…

날 보고 미소 짓는 것도
아닌데… 왠지 나더러
보라는 듯, 뭔가
의미심장한 거처럼
느껴지잖아!?

아아~ 그냥
도끼병인 건가~?

그것도 종종…
도끼암 말기…

이럴 때 남자들은
어떤 생각으로
저런 말을 하는 거니~!
나에게 지혜를 줘,
싸가지 없는
나의 동생
호필아~!!!

alsrud284 : 신호를 보내면 응답할 것. 왕 멋있당 ㅎㅎ

난…
자주 출연하고
싶을 뿐이고…

Special Tour
V

조용한 골목에 생기를 불어 넣는 활력소
'커피방앗간'

'커피방앗간' 은 명랑만화 같은 곳이다. 어수선한 부엌, 짝이 맞지 않은 의자들, 어디서 주워 온 듯 어설픈 테이블… 어찌보면 정신이 없다.

하지만 아침부터 밤늦게까지 사람들로, 그 사람들의 이야기 소리로, 그리고 커피 향기로… 조용하기만 하던 골목길에 즐거움과 생기를 불어넣는 곳이 바로 '커피방앗간' 이다.

'커피방앗간' 은 지금도 항상 원두를 신선하게 로스팅하며 손님들을 기다리고 있다.

동네총각(커피방앗간 사장님) 왈,
"어느 날 책상 서랍에서 우연히 발견한, 수업시간 친구들과 나누었던 소소한 낙서들을 떠올리게 하는 그 시절의 친구, 사람, 향기… 한 시절의 일기장 같은 친구를 만나 빛바랜 추억 한 조각을 되새기며, 다시 그 시절로 돌아갈 수 있는 공간이 커피방앗간입니다."

● 주소 : 서울시 종로구 소격동 109번지 1층
● 전화번호 : 02-732-7656
● 영업시간 : am 8시 30분 ~ pm 11시

06

커피의 날 Part II

아아아~ 나의 젊고
아름다운 미스터 팔레타!
빛깔도 운율도 없는
망자의 바다, 캐러비안 씨의
음울한 노래가 들려오는
듯해요!!!

이대로 그대를 보낸다 한들 내 마음 속 이글거리는 불꽃은 사그라들리 없고,

그대와 나의 사랑의 징표를 목숨과 바꿔 지켜낸다 한들 내 사랑의 멀어짐을 막을 길이 없나니~!

그래요! 가져가세요! 미스터 팔레타! 이 커피 나무를 키워내, 당신이 그 날의 기억을 간직하며 되새기고 또 되새긴다면,

아아~ 그것만이 나의 유일한 안락이자 둘도 없는 기쁨이어라!!!

커피

이 디

모… 목숨을 걸고 약속할 것입니다, 초, 총독 부인!!! 이 커피나무를 보며…!

……

……

그러게 말야.
똥피 사장은
저 긴 대사를
다 외웠는데.

대사 까먹은
거로군.

대본도 연출도
경진이가
혼자 다 했다고
하던대….

똥피 팀은
진짜 사장하고
떨거지하고
차이가
너무 난다~.

내 조국
브라질에서도
그대의 어여쁜…
컥!

국어책을
읽어라, 아주.

그만해요.
됐어!!!

커피는   이다.

이렇게 프랑스
식민지 기아나에서
브라질로 커피나무가
이식될 때에도,
역사는 우리에게
뜨거운 정열과
로맨스를
보여준 것입니다.

역사적 사실과
'커피는 로맨스다' 라는
명제에서 별다른 관련성이
느껴지지 않으므로,
난 20점 만점에 10점!

저는 점수 공개는
않겠지만…
예상대로 일 듯.
동피팀 사장님,
고생하셨네요.

게다가
연습도 개판?

저런 게
'동남의
젊은피'라니…
동남의
미래가…

푸하하하하하!!!

당나라 군대
어디 가나~!!

엄마, 쟤
무서워…

어쩜 이걸
제대로 못 해!!!

향토 예비군―
나라
조진다~♪

맨

스

로

Yo! Common!

왜 그랬을까~!
왜! 오바이트는~!
왜! 십 년 된 원두를
볶아서, 볶아…써!

십 개월이 지나서
갈고 또 십일을
놔둔 뒤 커피를
뽑았네!
뽑았…네! Yo!

북치기 박치기 북치기박치기

이럴수가…
3반의 마스코트
이로미 씨가…!

아프로…

이건
우리 모두의
비극이야!

그래도
귀염짱~

북치기
박치기만 하면
비트박스가
되는 줄
아나보네…

이뭐…

허…

랩에 라임이
있기를 하나,
플로우가 있기를
하나…

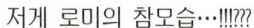

저게 로미의 참모습…!!!???

나름 재미있었지만,
독창성 결여로 인해
5점 감점 15점!

내가 한 말을
그대로 써먹다니…

……

코멘트할
가치가 없네요.

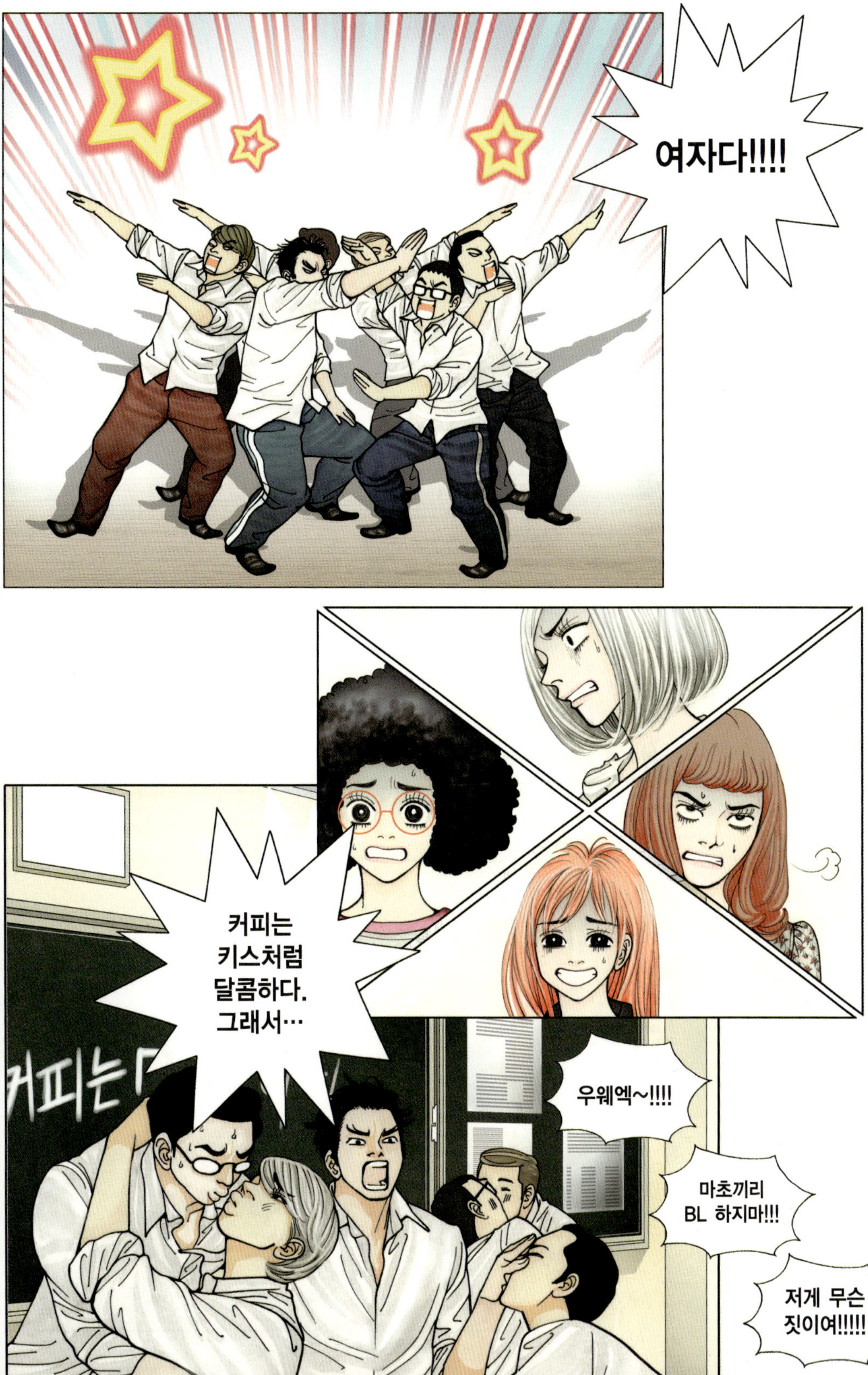
여자다!!!!
커피는
키스처럼
달콤하다.
그래서…
커피는
우웩엑~!!!!
마초끼리
BL 하지마!!!
저게 무슨
짓이여!!!!!

Ei! wie schmeckt der Coffee süße,
Lieblicher als tausend Küsse ♪ ♩

그렇습니다.
커피는 각성의 음료입니다.
과장된 부작용보다는
인간에게, 사람의 이성에
이로운 '깨어있음' 이 있는
훌륭한 음료입니다.

Die Groß mama trank solchen auch,
wer will nun auf die Töchter lästern!~ ♪ ♪

준비 시간이
너무 짧았어…
우리도 무진장
어색하게 보이겠지….

발로 그린 후기

앞발.

잘 그려 보려고 했는데 역시 안 된다.

질답 형식으로 꾸밀 생각이었으나, 질문은 별로 없고 '몇 인 놀이' 로 리플이 가득 채워진 바, 걍 평범한 후기로 만들었습니다. 일부 질문엔 답변 역시 될 만한 내용이니 그냥 봐 주세용.

세 가지 에피소드로 꾸몄습니다.

1. CCC 탄생의 비화

만화 시장의 위축으로 고민 잘 날 없는 C.

만화 잡지는 갈수록 어렵다 하고… 이러다 만화 망하는 거 아냐…

남성 호르몬이 비정상적으로 넘실대던 어느 날, 내 안의 테스토스테론은 내게 그녀의 고민을 내 책임으로 여기게끔 강제하고 만다.

내가 너무 뚱뚱해서 그래! 내가 너무 배가 나와서…!

와르르르

하하하!
나의 사랑하는 C!
고민이 있음 말해봐!
내가 다 해결해 줄게!!!

자기가 해결할 수
있는 문제가 아니야.
알잖아, 요즘
만화계…

만화는 단 한 번도
독자로부터 외면당한 적이 없어.
어쩌면 만화는 그 어느 때보다도
더 가깝게 대중에
다가가 있는지도 몰라.
지금 힘겨워하고
있는 건,

만화가 아니라
종이가 아닐까.
그리고 만화의 미래는
종이가 아닌, 웹에 있는거 아닐까.
웹 만화를 해 보는 건 어때.
마침 자기는 색감도 좋고
컬러를 좋아하잖아?

순정 잡지가 왜 대부분
격주간지인지 알아?
여자들은 체력적으로
주간지를 소화하기
힘들어.

게다가 올 컬러
만화라면 더더욱 마감을
맞출 수가 없어. 주당 1회,
그것도 올 컬러. 너무 무리야.
자기가 스토리라도
써 준다면 모를까….

이건 또
뭐미..

아… 원 천마…ㅠㅠ
뎃셍 하고 그릴까…

내가 쓰지 뭐!!
순정만화
그까이꺼 못 할
줄 알고!!??

초등학교 방학 때의 생활계획표 말곤
계획이란 걸 해 본 적이 없는 식신.
일단 저지르고 본다.

걱정은 발등에
떨어진 불 아니면
하지 않는다.

커피 관련 입문서와 교양서적 10권 정도를
사서 공부하며, 이야기의 배경과 장기적인 구성을
고민했지만 제목과 주인공에 대한 아이디어는
전혀 떠오르지 않았다.
그러던 어느 날…

채… 책
읽고 있어!

책 본다며!!!
소리 다 들린다,
이 인간아!!!

소리 더 줄이자…

I'm going off
the rail of the
crazy train~♪

수영장에서 평영을 하며, 십여 년 전
회사에 입사하던 시절의 회상을 하며,
동시에 좋아하는 노래를 속으로 흥얼거리다가
문득 한 가지 이미지가 떠올랐다.

생각이 뒤죽박죽 섞이다가…

CRAZY COFFEE……!

야구 좋아하나
보네요?

아뇨. 전 농구
좋아하는데요.

여기엔 L모 트X스
좋아해서 우리 회사
지원했다고
써 있는데?

그그그그
그건…!

지금도 불가사의
어떻게 붙었을까…

어? 괜찮다.
뒤에도 C로 시작되는
무언가로… Cat?
고양이?
음… 좀 더 생각을…
좀 더 생각을…

이렇게 해서
만들게 되었습니다.
하하하!

2. 나는 우리집 바리스타

별이스타.

책으로 습득한 지식은
한계가 있다.
그렇다고 학원을 다니면서
전문적으로 배우자니
시간이 허락하질 않는다...

투잡이라서
그런다고
핑계대자...

ㅋㅋㅋ

게임도 해야
하는데...

자판기 커피와 에스프레소를 좋아하고,
스트레이트 커피의 세계는 모르던 시절,
드립 커피를 잘 하는 집에 가서
새로운 세상과 첫 만남을 가지다.
처음 먹어 본 스트레이트 커피는
콜롬비아 수프리모.

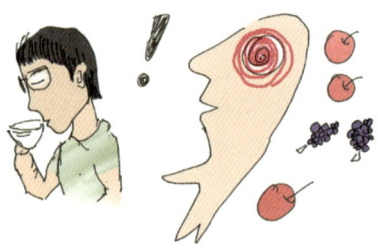

사실 내 스토리는 겪은 것을 토대로
하고 있는 경우가 대부분이다.

오버랜드에서의
이야기 같은 건 빼고...

일단 부딪치고 본다.
그라인더, 서버, 드리퍼(멜리타,
카리타, 고노 방식을 다 샀다),
여과지와 프렌치 프레스까지 구입,
전문가들의 드립을 흉내내기로 한다.

① 식신이 가장 좋아하는 단계, 커피 갈기. 액체 상태의 커피에서 느껴지는 향기를 '컵 아로마' 라고 말하고, 가루 상태에의 커피에서 느껴지는 향기를 '드라이 아로마' 라고 한단다. 식신은 드라이 아로마 중독.

자다가, 일하다가 불현듯 술 생각나듯, 평소에 이 향기가 문득 문득 떠오른다.

② 필터를 잘 접어서 최대한 밀착시키고, 미리 물을 살짝.

③ 물은 정수만 쓰고, 한 번 끓였던 물은 컵과 서버를 데우는 용도로만 쓴다.

④ 커피에 소량의 물로 물길(?)을 내 준다. 살짝 쪄준다고 표현하는 단계. 신선한 상태의 원두였다면, 숨을 쉬는 모습(!)을 볼 수 있다.

⑤

적당한 온도의 물로
드립을 시작. 드립은 힘
조절이 중요하고, 소용돌이
모양으로 안에서 밖으로,
밖에서 안으로 빙글빙글…

⑥

드립은 개인별 노하우가
다 다르다고 하는데, 나는 특정한 스승이
없이 책에서 읽은 내용을 참고로 동영상과
여러 카페의 바리스타들이 하는 모습을 보고
흉내 낸 거라 좀 엉성하다.

그래도, 4개월 동안 수많은 시행착오를 거쳐
방법을 바꿔가며 최고의 맛을 내는 길을
찾아간 거라, 상당히 맛있게 내린다고 자신한다.
C와 유일한 문하생 W도
내가 내린 커피를 좋아한다!

설마 내가 무서워서는 아니겠지!?

혹시 내가 불쌍해서?

마셔!

최근엔 화실의 커피 소비량이
늘어나(내가 제일 많이 마시지만)
볶은 원두를 사는 것도 꽤나 부담이 되어
생두를 사서 직접 볶아 보았다.

싸게 즐기는
방법이면서, 생각보다
상당히 재미있는
과정이었다!

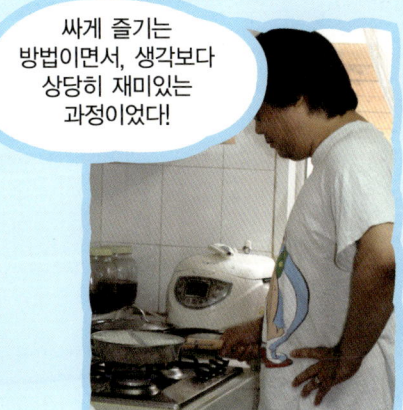

참고로, 스트레이트 커피 중에서
C는 탄자니아를, 나는 시다모
(에티오피아 커피 중 하나임)를 가장 좋아한다.
물론, 굉장히 고가의 커피인
루왁이나 블루 마운틴 같은 건 빼고.

우리는 매우 장편의 만화를 기획했고,
커피 이야기는 천천히 꾸준히 나올
예정이랍니다. 물론, 이야기가
우선입니다. 커피가 소재인 만화이지,
커피에 관한 학습만화는 아님!

아아아~~~!
이런 내용과 느낌도
만화에 다 넣어야
하는데!!! 빨리
넣고 싶다!!!

그런데
스토리는 쓰기 싫다!
게임은 언제 하지?

어이, 바리스타,
커피 한 잔
타 줘~.

나도
일 하는
중이야!!!

* 실력있는 바리스타님들, 건방 떨어 죄송합니다.
  애교로 봐 주세요. ^^;

Picture
in Picture

3. 부록 속 부록

게임 방송 잘 모르는
분들껜 죄송!

보너스로, 게임 중계를 하다 일어난
에피소드 한 가지를 소개한다.
(아는 사람은 다 알지만,
나는 게임 해설 일도 하고 있다).

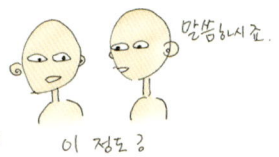

말씀하시죠.

이 정도?

방송 진행자는 보통 서로에게
말을 하는 거라도 카메라에서
눈을 떼지 않고 고개도
조금만 돌리는 편이다.

어떻게
보셨습니까?

그런데, 불타는 중계의 일인자 MC용은
열정을 감당하지 못해서인지 평소에도
90도로 고개를 돌리고 질문을 하는 편!
그리고 열정엔 열정으로 호응하는 식신!

가끔 우리는 연인도 아니면서
매우 가까운 거리에서
얼굴을 마주하게 된다.
그것도 열변을 토하면서…

기동성이
장난이
아닌데요!

그러쵸!
탱크 모드
탱크는
퉁! 퉁! 퉁! 퉁!

그러던 어느 날, 평소에도
파편조절이 잘 안 되는 나는,
파열음이 유난히 많던
어떤 멘트에서 사고를 치고
마는데…

퉁!

육안으로 뚜렷하게 식별이 가능할 정도의 파편이.

열정적 중계를 하고 있던 MC용의 입 속으로
골인을 하고 말았던 것이다.

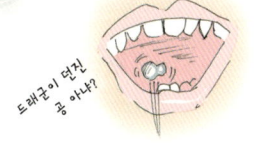

드래곤이 던진
공 아냐?

이런 위치라면
슬그머니 닦아내면
될 테고… →

차라리 이런 거라면
그저 내 아밀라아제겠거니…
하면 속 편할 것을.

이러기도 뭐하고,
'느끼며 삼키기도' 뭐한
미묘한 위치.

하필이면
이 자리.

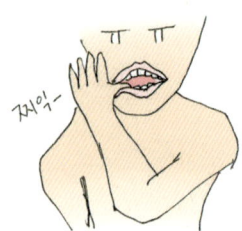

지이익—

투철한 프로의식의 MC용은
아무 일도 없었다는 듯
중계를 계속 해나갔고…

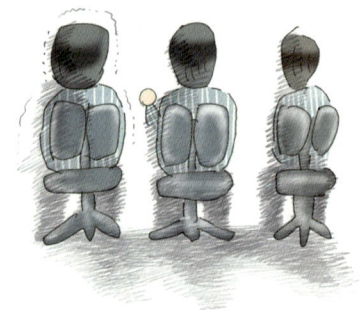

나는 한 동안
멘트를 아껴야 했다.

캐리야,
말 좀 해…

내가 무표정한 게
무표정 한 게 아니야~.

로얄젤리라고
생각해라…

캐리가
엑스트라 역할만 해
아쉬운 분들도
있을 텐데,

언젠가 후기를
또 하게 되면
두 얼굴의 사나이
캐리에 관한 일화를
소개하겠습니다.

다음 주부터는 다시
정상적인 연재가 이어집니다.
저는 상대적으로 널널합니다만,
일주일에 5일 가량,
하루 종일 일하고도 밤새 마감을 해야 하는
C에게 격려를 부탁드립니다.

나는 다시
태어나도
당신…

같은
만화가는 되지
않을 거야.

어련하시
겠어…

풋풋함이 묻어나는 야생화의 정원
'해오라비'

카페 '해오라비'는 야생화 해오라비난초에서 이름을 빌려왔다.

그래서 '해오라비'의 정원에는 각종 야생화가 피어있는데, 한국의 대표적인 야생화는 물론이고 희귀 야생화까지 정원과 테라스에서 만나 볼 수 있다.

또한 '해오라비'의 정원에는 골든리트리버와 셔틀랜드쉽독이 노니는 모습도 볼 수 있다.

'해오라비'에서는 카페지기의 색깔이 묻어있는 10여종의 산지별 핸드 드립커피를 맛 볼 수 있고, 특히 남부 이탈리아 스타일인 다크 에스프레소커피를 즐길 수 있다.

- 주소 : 부산광역시 해운대구 중동 1501-3
- 전화번호 : 051-742-125
- 영업시간 : am 11시 ~ am 1시

07 커피의 날 Part Ⅲ

커피는
'깨어있음'
이다.

새로운 시각,
멋진 표현, 연출,
진지한 메시지까지.
20점.

조악한 감이
없잖아 있지만
준비하기
빠듯했을
테니…

짝 짝 짝

와

그럼 지금부터 자기 팀 빼고 나머지 4팀에 대한 점수를 매기고, 총점 발표를 하겠습니다.

각 팀은 채점을 끝내고…

잠깐!!!

저희 아직 안 했습니다! 펜타곤 팀 마지막으로 미뤘다고요!

10점!

예에!?

'커피는 음식이다', 이거 한 팀하고 주제가 같았었지? 그래서 부랴부랴 뒤로 미룬 거 아니었나?

독창성 결여로 5점 감점에, 순서를 준수하지 못한 것 5점 추가 감점!

체력 회복 포션.
난 카페인 섭취를
위해 커피를 마셔.

고맙다, 호필아~.

지금부터 각 팀은
다른 팀의 평점을
채점표에 작성해
각 팀 서기들이
저한테 가져옵니다.

5분 드릴 테니,
빠르게 진행하죠.

우
성
무
백

성무백 이사님께
질문 있습니다!

저는 펜타곤 팀의 정보통, 황순갑이라고 합니다. 어제 이사님께서 말씀하신 '커피는 음식이다' 라는

말의 의미에 대해 부연설명 좀 해 주십쇼! 솔직히 제대로 이해하지 못하고 있습니다.

질문 같은 거 하지 말라니까, 거 참! 본전도 못 찾는다구!

별명이 아니라 이름입니다!

동생은 황순을이입니다!

큭큭큭…

모르는 것을 즉각 물어보는 놈은 바보다!

예….

거 봐라! 으이구!

하지만 그 순간뿐이다!

모르고도 묻지 않는 놈은 영원히 바보다! 멋진 태도다, 황순갑 군!

역시…
그렇죠!?

……

으쓱

좋은 말이네.

말씀 경청하면서 채점표 되는대로 제출해 주세요~.

음식 가지고 못된 장난질 하는 놈, 중국에서는 사형입니다

생존을 위한 음식이 아닌, 기호를 위한 음식이라 해도

사람 입 속에 들어가는 것은 책임을 가지고 만들어야 하는 것입니다.

이것이 바로 '커피는 음식이다' 가 가지는 첫 번째 의미.

우리는 그러한 사명과 자부를 가져야 한다.

아니, 그렇기 때문에 오히려 인스턴트 커피가 더 큰 가치를 가진다고 볼 순 없나?

김선희 대리는 지금 이야기되고 있는 상식쯤은 진작부터 알고 있었을 텐데, 그렇다면 그 이유로 인스턴트 커피를 가치가 없는 물건이라고 생각하고 있었나?

……

셋째, 음식은 정성에 따라 달라진다.

간편함이 최고의 무기인 인스턴트 커피도, 어떻게 타느냐에 따라 맛은 크게 달라집니다. 이런 의미에서, 자네 팀의 '커피는 마음이다' 도 주제 자체는 멋진 것이었지.

그렇군요….

그런데 왜 우리 건 보지도 않고…!

촌티보다 재밌었을 텐데…

CCC보다 재밌었을 텐데…

점수 발표를 하겠습니다!

52점의 펜타곤 팀이 4위, 총각파티는 51점입니다.

뭐…뭐지! 우린 발표도 안 한 팀보다도 점수가 낮잖아! 꼴등! 말도 안 돼!!! 나름대로 열심히 한 건데!!!

형, 포기했다매~!

계산 과정에서 착오가 있었던 거 아닙니까?

채점표를 볼 수 있나요?

그건 안 됩니다.

이건
분명히….

......

우리가 당연히
일등일 줄
알았는데….

뭐야, 이 황당한
시츄에이션은?

정말 이게 웬
난처한 상황이래….

88칸 전통 한옥과 진한 커피향의 어울림

'고당'

팔당호를 지나 양수리 방면으로 약 5분 정도 가면 조안면사무소가 나오는데, 그 맞은 편에 88칸 전통 한옥 카페 '고당'이 자리 잡고 있다.

어찌 보면 한옥과 커피가 어울리지 않는다고 생각할 수도 있지만, 한 잔의 커피와 함께 '고당'의 여기저기를 구경하는 즐거움은 도시의 카페에서는 결코 느껴볼 수 없는 편안함과 여유로움이 있다.

대형 로스터에서 갓 볶은 세계 각국의 신선하고 맛있는 커피를 제공하는 '고당'은 한층 더 업그레이드 된 커피 맛을 제공하기 위해 항상 노력한다.

영화나 드라마 촬영지로도 잘 알려진 '고당'에서 소중한 사람과 함께하는 시간은 잊지 못할 추억으로 남을 것이다.

● 주소 : 경기도 남양주시 조안면 조안리 192-10
● 전화번호 : 031-576-8090
● www.godangcoffee.com

08

The winner takes it all

정보통들끼리
모여서 대충
알아 봤거든?

당연한 거겠지만
팀끼리 서로 점수 매긴 것도
우리 CCC가
제일 높드라, 마.

똥피가 31점,
우리는 34점.

다들 후하게
줬더라고.

다들 자신…
있는 건가?

CCC 필승! 전승! 압승!

수고들 했어요~!
멋져요!!

다들 수고!

단과대(미대)
농구 대표.

열세대 농구
동아리 대표 출신.

경기 경과 13분,
총각 파티팀 기권.

중학교 때
농구 선수.

취미가 농구.
개념인.

첫날 방 배정 때 이미
농구 이야기로 꽃을 피운 5인이었다.

농구를 다들 이렇게
잘 하는 줄은
몰랐죠~

하하, 놀라게
해 주려고.

저번에 화부터
냈는데….

진작 말을
하시징.

그나저나
이라 씨를
차지하지 못해서
촌티 얼라들
상실감이
크겠는데?

쯧쯧,
운동이라도
잘 하는 줄
알았더니.

뭐라!?

그래도 당신들 보다는 낫다! 팀의 홍일점에게 막중한 사장과 대변인을 모두 떠넘기는 주제에 어디서!

CCC팀 30점도 넘게 할 때 두 골 넣은 주제에~.

촌극도 6점 받은 주제에~.

좋다! 결투다! 당장 붙읍시다!!! 3반의 퀸, 신경진 씨를 걸고!!! 그렇게까지 말해놓고 비겁하게 회피하지는 않겠지!?

숨도 제대로 못 쉬는 주제에 좀 쉬었다 하시ス

아잉, 포기하고 싶어요~

똥피 부스레기들 상대로는 휴식 같은 거 필요 없으니 지금 바로…!

약속한 맥주 한 짝은?

누, 누구세요?

어? 형! 약속을 형이 했으니 형이 내야죠!! 돈 없어요.

얘들아, 돈 걷어라.

맥주…

아우~! 형! 쫌~! 압~!

사실… 내 주특기는 격투기야.

다행히 분위기가 살아났네.
농구 도전 받아들인 게
결과적으로 훌륭한
결정이 되었어.

재미있고 즐거운 사람들이다.
총티 사람들도, 동피 사람들도 모두 좋아.
물론 그 중에서도
우리 CCC 사람들이 최고.

다들 바보가 아닌걸.
어렴풋이 느끼고 있으면서도
애써 모른 척하는 것 같아.
나를 위해… 전체를 위해.
연수기간뿐만 아니라,
오래 함께 할 수 있었으면 좋겠다.

여름이 시작되려 하고 있어.
따사로운 햇살과 촉촉한 바람.
곧 폭염이 밀려들겠지.
시간이 더 빠르게 흘러갈 거야.
그러니까 더욱 파이팅 하자구! 고양이라!

이겼다!!!!

3반의 퀸 신경진 씨를 쟁취했어!!

촌티가 이겼대!!!

난 모르니까 알아서들 햇!!

동피가 겼다구?

자의적으로 팀을 이탈하거나 팀원을 교환하는 행위는 허용할 수 없습니다.

연수가 장난인 줄 아심?

쿵

그... 그럴수가..!

형, 맥주라도 사내라고 하죠?

안녕하세요? 모두 더운 날 무사히 보냈겠지요? 저는 무더위에 개도 안 걸린다는 감기로 한 달을 기침으로 마감을 했네요. 지독하기가 말도 못하겠더군요.

몸이 아프면 당연히 그림도 잘 안 그려지죠. 게다가 비가 오면 종이가 습기를 먹어 펜선이 번진답니다.

요번 여름은 한 마디로 악몽이었어요. 흑흑… 원래 여름을 사랑했는데.

손으로 그린 후기

하지만 새로운 어시의 출현으로! 정말 별명이 '써니' 랍니다. 그리 불리웠기에 그대로 써 달라 했는데…

욕 먹어도 제가 아니니 상관없삼!

씩씩하게 잘 하고 있네요.

녹는 화실

어시 우혜영. 항상 눈 뜨고는 못 볼 '꽃바지'를 입고 작업함.

리플로 욕 먹을텐데

어시 'Sunny'

그리고 나중에 살짝 고백함. '저 A형이에요.'

힘들지만 원래 컬러를 좋아합니다.

올 컬러판은 처음이라 두근거려요. 기쁘고 뿌듯합니다.

'발로 그린 후기' 2를 생각 중이야.

모두 꽤 잘 그렸대.

…맛 들렸군.

앞으로도 변함없는 원고로 찾아뵐게요! 많이 많이 사랑해주세요!

우리 선수들 모두 최고!

맛있는 커피를 찾아오는 소박한 사람들의 아지트
'커피창고'

'커피창고' 는 주인장의 손때가 잔뜩 묻어있는 카페다.

다른 카페와는 달리 인테리어 시공에서 디자인까지 모두 본인이 맡아서 했다. 인테리어 전문 업체에 문의했지만 원하는 대로 디자인이 나오지 않아 지인 두 사람과 함께 뚝딱뚝딱 해치워버린 것.

그 여세를 몰아 커피 볶는 기계인 '2kg 로스터' 역시 직접 만들었다. 처음 카페를 열 때 자금이 넉넉지 않아 한 번 만들어 보자는 심정으로 시작했는데 지금은 시판 되는 어떤 기계보다 만족하며 사용하고 있다고.

'커피창고' 가 유명해진 이유는 바로 여기에 있다.

카페의 인테리어 시공부터 작은 소품 하나하나까지 모두 주인장의 손을 거쳐 간 데다, 최근에는 손님들에게 선물 받은 소품들로 꾸미다 보니 자연스레 많은 이들의 사랑을 받고 있는 것이다.

카페 주인장은 '커피창고' 에 대해 이렇게 얘기한다.

"커피창고는 딱히 대표할 만한 메뉴가 없어요. 메뉴가 몇 가지 없는데, 손님들이 그걸 두루두루 찾아주시거든요. 또 특별한 손님 층도 없어요. 어린 학생들도 오고, 나이 있으신 분들도 와서 서로 친해지죠. 한 마디로 '커피창고' 는 '만남의 광장' 이에요."

- 주소 : 광주 광역시 동구 서석동 41-6번지
- 전화번호 : 011-9213-7890
- 영업시간 : am 11시 ~ pm 10시

09 올림픽

하루하루 다채로운 프로그램 속에서 제법 많은 것을 배운다.

돈 좀 모이면
내 사업 할 거야.
술집도 좋고, 경험 살려서
커피숍도 섹시하고….

난 고마
회사에 뼈를
묻을라꼬.
근면하게만 하면,
직급이야 자연히
오르겠지.

앞으로 3년간의 비전은 아직은 어렴풋한 나의 꿈을 확실히 정립하는 것이고,

3년 내로 장가가는 것! 30년 내로는 3남 2녀를 두는 것!

30년간의 비전은 아직 구체적으로 말할 순 없지만 일단은…

반드시! 제발! 하느님!

일단 회사에 들어왔으니 임원이 목표. 목표는 크게 잡아야지.

앗! 왠지 어울려…

각자의 비전과 인생 설계를 교환하며 서로를 알아가는 시간도 있고,

3년 내로 전세라도 내 집을 장만한다. 10년 내로 사랑하는 사람과 결혼하고, 아이를 가지고, 가능하면 1남 1녀, 30년의 비전은 너무 어려워서….

…일 줄 알았는데…

어떻게 우린 첨부터 지금까지 계속 꼴등만 하네.

누가 또 우리 팀 엿 먹이는 거 아냐, 이거?

설마… 인풋에 따라 아웃풋이 결정되도록 짜여진 프로그램인데 그런 게 가능할 리도 없고.

사장님 생각은?

R&D와 CI광고 쪽이 지금 과투자되고 있는 거 아닐까….

*R&D(Research and Development) : 연구 개발.
*CI(Corporate Identity) : 기업 아이덴티티, 기업 이

끝날 때까지 꼴등을 한다고 해도, 제 경영 철학이 틀렸다고 생각하지 않아요.

성실한 재투자, 정직한 이미지 홍보는 단기성과는 없겠지만 장기적으로 기업을 탄탄하게 만드는 최고의 지표라고 생각해요.

흥! 밀어 붙이는 거야!

지난 턴부터 마케팅과 판매 인프라 쪽에도 비중을 강화했으니 서서히 매출 쪽으로 반응이 올 거예요.

좋아, CEO의 결정대로. 정보통, 안경민 씨 출동하자.

고고고~ 내싸 모르겠다 ㅁ

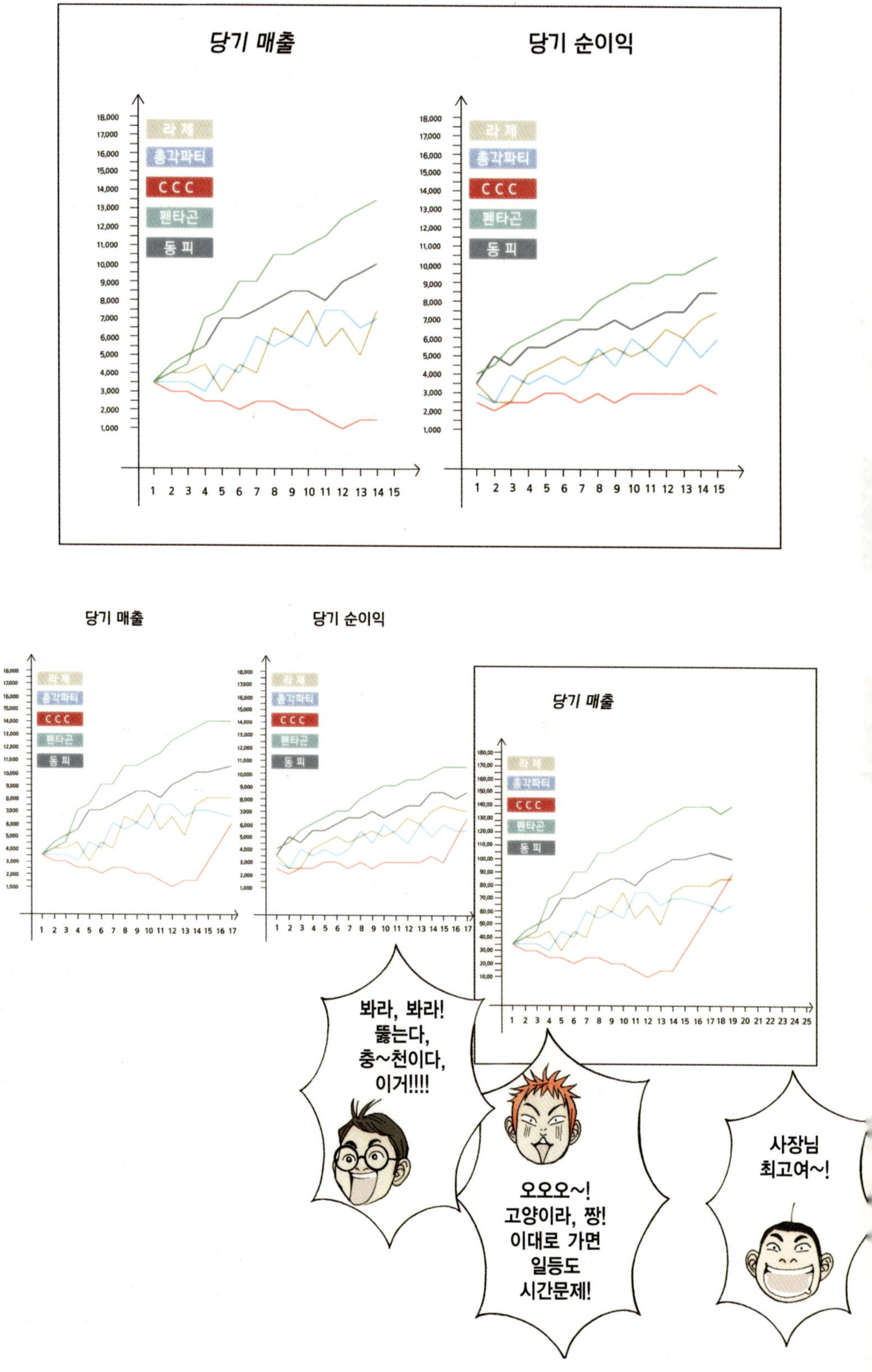

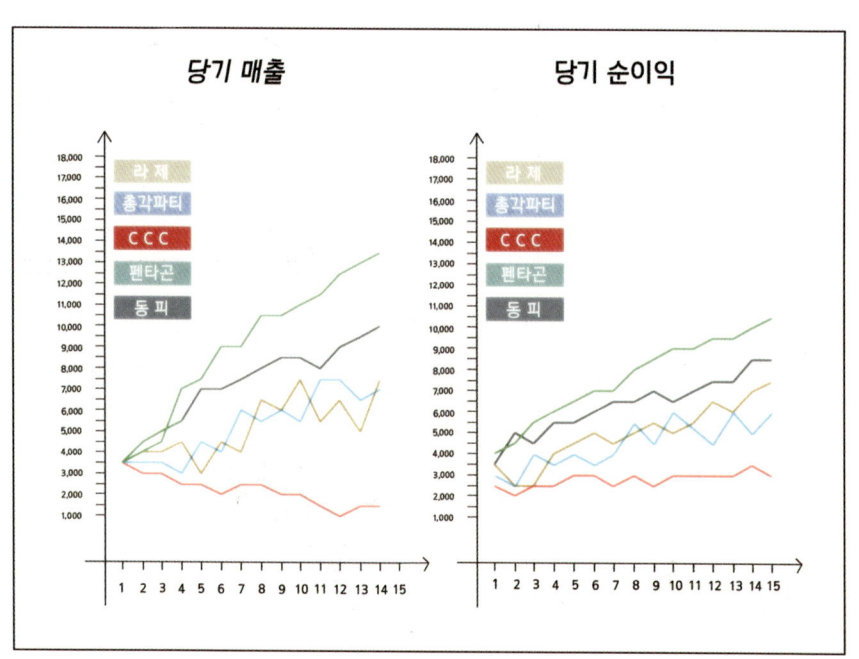

점심시간
아직
멀었잖아요~.

Sunny,
one so true
I love you~♪♪

캬아핫하하핧핳하!!!

좋아요,
세 턴만 더.

YES!

팀내 훈남들의
노력으로 3턴을
더 얻어 가까스로
2위로 마무리.

저게 언젯적 노랜데...
저걸 가사까지 알다니...

보니 엠 버전
같은데...?

Boney M 버전도
원곡은 아니랍니다.

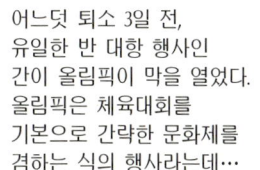

어느덧 퇴소 3일 전,
유일한 반 대항 행사인
간이 올림픽이 막을 열었다.
올림픽은 체육대회를
기본으로 간략한 문화제를
겸하는 식의 행사라는데…

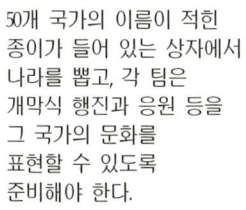

50개 국가의 이름이 적힌
종이가 들어 있는 상자에서
나라를 뽑고, 각 팀은
개막식 행진과 응원 등을
그 국가의 문화를
표현할 수 있도록
준비해야 한다.

중국! 중국을
뽑았어!!
우리 반은
중국이야!!!

작년에 중국
뽑은 반이
우승했대!!

중국

으하하하하!
2반은 우간다야,
우간다!
그 많은
나라 중에
하필!

크 찍기
은 하여간
이라니까!!!

대신 형은
여자 운이
없잖아~

중문과!
우리 반에 중문과
누구 없나요!?

가장
무도회틱한
퍼레이드도
한다는데,
뭘 좀 알아야…

응?

올림픽을 맞이해
3반의 반장으로
선출된 총각파티
Œ 여형섭.

운이 좋았던 건지 마침
반장이 중국을 뽑아와,
중문과를 졸업한 오영광 씨가
개막식 퍼레이드의
총감독을 맡고,
응원단장까지 하게 된다.

혹시 쿵푸
할 줄 아는
사람 있나요?

저요!!!
태극권도
가능!!!

중국 건
아니지만
택견도 가능~
이크! 호야!

시간은 총알처럼
바람을 가르고 달려
한 컷만에 벌써
올림픽 당일!

agatha9606 : 나도 택견다니는데...강시 샤방~

커피와 문화가 어우러진 복합문화 공간
'커피 디자인'

'커피 디자인'은 카페라기보다는 복합 문화 공간이라는 말이 어울린다.

DVD 무료 대여, 중고 서적 판매는 물론이고 대전 지역의 주요 공연을 안내하는 기능까지 수행한다.

또한 각계 전문가들의 다양한 강좌 (예를 들어 커피교실, 영화교실, 클래식 스쿨, 미술 강좌)가 마련되어 있다. 특히 커피 교실 같은 경우는 강좌 후 공동으로 창업하여 공동 경영하는 과정인 '공동창업과정'을 운영하기도 한다.

하지만 역시 '커피 디자인'을 이야기할 때 커피를 빼놓을 수는 없다.

15여종의 핸드드립 커피와 에스프레소 추출 커피는 모두 손님들의 만족도가 상당히 높다. 또한 손님이 원할 경우 드립도구를 직접 테이블로 가지고와서 추출과정을 보여주는 서비스도 제공한다.

매장에서는 각종 원두를 직접 판매하는데 각 손님의 취향에 맞는 원두 선택을 도와주는 것 역시 '커피 디자인'의 특별한 점이다.

커피 외에도 차별화된 유럽식 메뉴인 이탈리아 소다수와 핫쵸코 등이 준비되어 있다.

● 주소 : 대전시 서구 둔산2동 스카이빌리치 1층 105호
● 전화번호 : 042-365-3939
● 영업시간 : pm 12시 30분 ~ am 12시

10 마지막 승부-Lost

진짜 굼벵이도 구르는 재주가...

시이~~~~!

자자... 빨리 끝냅시다.

작!!!

줄다리기,
남자가 많은 3반,
하나마나 금메달!

휘

익

우당탕

꿍흐어구어(共和国)~~!!!!!

완~쑤에이(万岁)!
완~쑤에이!
완, 완, 쑤이!!!!!

*해석 : 중화인민공화국
만세 만세 만만세

응원 도중
커피를 마시는 퍼포먼스로,
우리 3반은
Crazy Coffee China라는
닉네임까지 얻는다. ^^

3반! 중국! 화이팅~!!

이라 씨!
조심!

수고했어요!

파!

400미터
계주까지,
금메달!
금메달!
금메달!

다 다 다 다 다 다 다

중문과 출신
오영광의 디렉팅 능력,
남자가 많은
3반의 특성이
극대화된 올림픽은
중국의 독무대.

하지만 3반 사람들이
목숨을 걸고 올림픽에
열정을 불태운 것은,
다른 원인도 있었다.

근거는 불문명해도 모두에게
큰 희망을 주는 정보,
'해외 연수'에 대한 소문은
3반 모두에게 큰 영향을
미쳤고, 3반의 올림픽 우승으로
한층 빠르게 퍼져나갔다.

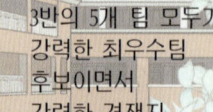

3반의 5개 팀 모두가
강력한 최우수팀
후보이면서
강력한 경쟁자.

3반 주도하에
매일이 시골 장날 같았던
매점에서의 술판도
이 날만은 간 데 없었고…
폭풍전야의 고요함이랄까,
차라리 성스러운 연수원의
마지막 밤은 생존경쟁을
방불케 하는 다음 날의
치열한 승부를
예고하는 것이었다.

그렇게 또 하루가 지나고
연수 최종일의
아침이 밝았다.

그리고 최우수팀을 결정할 마지막 승부는…

그럼, 모쪼록
건투를 빕니다.
CCC 파이팅!

신분증을 제외한,
돈과 휴대폰을 포함한
모든 소지품 압수.

유일한 지급품은
인스턴트 커피 두 박스.

첫 번째 미션.
수단과 방법을 가리지 말고
1차 집결지까지 이동할 것.

지도…
거꾸로야.

LOST…

여기
워디여…

두 다리 쭉 뻗고 커피향을 즐기는 여유로움

'놀이터'

카페 '놀이터' 의 시작은 무척 독특하다. '놀이터' 는 현재 8호점까지 오픈했는데 특이하게도 '1호점' 이 필리핀의 두마게테라는 섬에 있다.

'놀이터' 의 기획자 김득상 씨가 여행을 갔던 아름다운 섬에 반해 그곳에 카페를 만들었고, 2008년 한국에 돌아와 분점들을 만들기 시작한 것이다.

모든 '놀이터' 에는 항상 있는 것이 4가지 있다.

첫 번째는 무엇이든 상상하고 공상하면 이루어질 것 같은 공간인 다락방, 두 번째는 다리를 길게 뻗고 커피를 마시거나 엎드려 책을 볼 수 있는 좌식 마루, 세 번째는 감수성을 자극하는 소품들, 네 번째는 미니엽서에 도장을 찍어 놀이터에 보관하고 다니는 쿠폰이다.

'놀이터' 의 기획자 김득상 씨는 말한다.

"놀이터는 커피가 아니라 행복한 기억을 팔기를 희망합니다. 그들의 기억 속에 행복한 커피 놀이터가 되었으면 합니다."

● 주소 : 8호점 익산점(전북 익산시 신동 796-18번지)
1호점 : 두마게테점 ~ 8호점 : 익산점
● 영업시간 : am 10시 ~ am 12시
● http://www.noriter.co.kr

11 가까이 하기엔 너무 먼 당신

첫번째 미션,
수단과 방법을 가리지 말고
1차 집결지까지 이동할 것.

위치추적 가능하게
열어두었으니까,
제일 가까운 대리점에
연락해서 승합차 하나
보내줄 수 있지?

돈도 좀 필요하고,
아! 편한 바지랑 운동화 좀
부탁해. 최대한 빨리.
응, 응. 설명하자면
길다니까 그러네,
정말~.

알았어, 알았어.
아빠, 사랑해~.

정말 수단과 방법을
가리지 않는
팀도 있고,

아까 미향이도
핸드폰 분명히
압수당했는데?

하나 더 있었던
모양이지…
친구 전용,
가족 전용
이런 식으로….

된장녀…

이 집구석도
아빠는
딸 봉인감?

그리고…

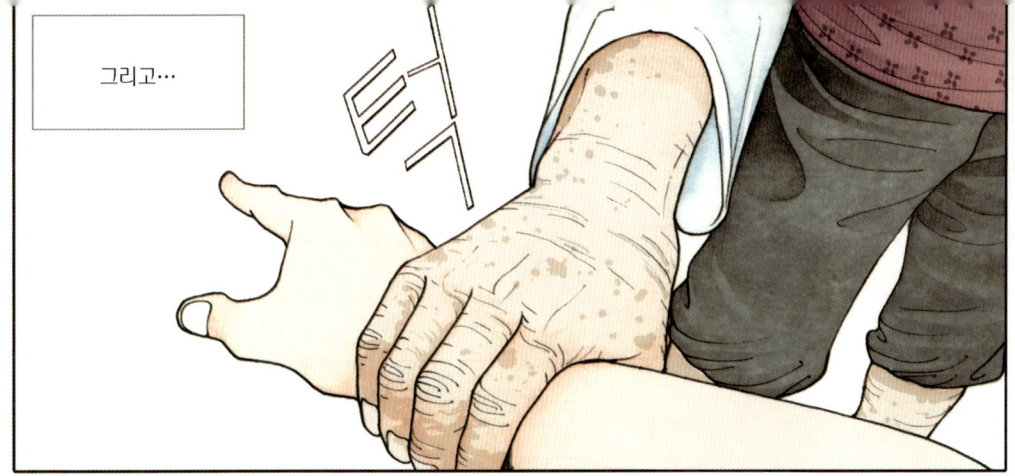

실허네~
실해~
힘 좀 쓰겠네~.

간단한 거야,
간단한 거!
그 집 해주고
다음 우리 집!

종이컵은
내 거였어~.

주전자랑
끓인 물 빌려줬으니까,
간단한 거 좀
도와줄 거지?

밥도 줄게~.

예기치 못했던
돌발 상황에
엮이는 팀도 있다.

Cat's Eye

명함을
이제 드리네요.

구준구입니다. 요즘은 DJ쿠라고 많이 불리지요. 하하.

제 명함은 지난 번에 드렸죠? 동남식품의 이서군입니다. 기억 하시죠?

기억하다마다요~. 동남의 워크 홀릭, 파워 루키라고 소문이 자자하던데요?

일 중독이 좋은 게 아니죠. 저는 적당히 쉬면서 합니다. 후후~.

그렇게 열심히 하면서 쉬기까지 하는 노하우 좀 공유하죠?

잠을 하루에 두 시간만 자면 됩니다. 하하하! 농담인 거 아시죠? 후후….

회사가 다 그런 것 아닙니까. 광고 시안은 3가지 모두 맘에 들어 하시고요, 윗선에서 모델을 한사코 바꾸자고 하시네요.

윗선이라면…?

회사가 다 그렇죠,
상식도 과학도 경제원리도
통하지 않는 상태라면
김회장님이죠, 뭐.
안방 회장님의 입김이
좀 더 본질적인 거겠지만요.
아무튼, 안 되면
대행사를 바꿔서라도
관철시킬 겁니다.

안방
회장님이라면…
사모님이군요.

후…
왜 하필 요즘
이미지 최악인
남궁윤인지.
모델 선택 잘못 돼서
신제품 이미지
조져 놓으면 결국
욕먹는 건
우리거든요.

제 선에서
간단히 결정할 수
있는 문제는
아닙니다.
시간을 좀만
주십쇼.

얼마나…?

사흘만요.

아~ 놔. CDE는
선수 관리를 어떻게
했길래 그렇게 어이없는
소문이 난 거야.
병태가 뭐야, 병태가.
그것도 왕병태.
스타성 장난 아닌 애가,
가치가 한 방에 반값이
됐어요, 아주.

최앤도(Choi&Do)
엔터테인먼트요?
남궁윤이
거기 소속이에요?

번

쩍

돈이면
뭐든 다 되는 줄
아나 본데…?

그러고 보니…
또 동남식품이냐…?

이라 씨! 거기
연장통 좀!

어디요?
아! 찾았음~!

난 육체노동
스타일이 아닌데…

자꾸
뺀질거릴기가?

어차피
이리 된 거,
후딱후딱
끝내자고~.

다른 팀들은
벌써 커피
다 팔았을 거
같은데~.

내가
뺀질거린다고?

시원~ 하시죠?

응, 응.
총각이
최고다,
최고!

그림 조오~타!!!
껄껄껄껄껄!!!

저 쪽은 완전
둘 다 선남선녀네,
그래~~!!!

둘이 결혼 해!
결혼 해!
하하하하하!!!

싫지는 않은가배~.
얼굴 빨개지는 것
좀 봐! 껄껄껄!!!

결혼 해…
결혼 해…

할머니들
짓궂으시네.

못 큰 거
하나.

네….

간절히 바라고 실현을 위해 최선을 다하며, 믿어 의심치 않으면 꿈은 이루어진다.

내 신념이야.

난 좋게 말해 신중하고 나쁘게 말해 우유부단한 편이지만, 심사숙고해서 한 번 결정하면 보통 해 내. 나를 믿고, 내 뜻을 믿는 거지.

이라도 같이… 음… 아니, 이건 그냥….

탁

외국으로 나갈 거라고?

......

아야야! 아파~!
갑자기
왜 이래!

영광 씨의 꿈대로
해외로 나가게 된다면…
연수 끝난 이후엔
헤어지는 건가…?

난······.

밤나무가 우거진 테라스에서 맛보는 진한 에스프레소
'테라로사'

CAFÉ DE TERAROSA

구불구불한 길을 따라 마을에 들어서면, 마을 어귀에서부터 '테라로사'의 커피 볶는 고소한 냄새가 손님들을 반긴다.

매일 매일 로스팅하는 신선한 커피와 커피나무가 가득한 온실, 밤나무 숲이 우거진 테라스는 테라로사만의 특징이다.

'테라로사'는 조화로운 맛의 완성도를 실현하기 위해, 세계 커피 산지에서 생산되는 최상의 아라비카 원두 중에서도 Class 1, Specialty Grade 만을 엄선하여 구입한다.

솜씨 좋은 바리스타들이 핸드 드립으로 각 커피가 지닌 맛과 향을 맛있게 뽑아내는데, 커피 3종을 맛볼 수 있는 커피 테이스팅 메뉴는 언제나 인기 만점이다.

또한 '테라로사'의 에스프레소는 남다르다. 5, 6가지 커피를 블렌딩하여 맛이 복합적이고, 입안에 머금었을 때 질감이 탄탄하면서 목 넘김이 묵직하다.

'테라로사'는 '커피는 음식이다'라는 생각으로 단순히 한 잔의 음료가 아닌 정성 어린 '음식'으로 손님들에게 다가고 싶다고 말한다.

● 주소 : 강릉시 구정면 어단리 973-1
● 전화번호 : 033-648-2760
● 영업시간 : am 9시 ~ pm 10시(여름에는 pm 11시까지)
● www.terarosa.com

12 지는 건 싫어

미션에는
분명 살아있는
곤충 열 마리라고
되어 있었을 텐데요.
새로 잡아 오세요.

아… 그 새 죽었는가…?

으이구! 잡을 때 살살 좀 잡으라니까!

죽음이란 심장 및 폐 기능의 불가역적 정지 또는 뇌간을 포함한 전뇌기능의 불가역적 소실이라고 규정할 수 있습니다. 의학적으로 생명은 유기적 통일체를 의미하는 반면에,

'뇌가 죽었다' 고 하는 뇌사상태에서는 의식이나 감각과 같은, 뇌가 가진 고유의 기능 및 뇌에 의한 신체의 각 부분에 대한 통합 기능이 불가역적으로 상실되고 있으므로 개개의 장기나 기관이 약간의 기능은 유지하고 있을지라도 더 이상 '살아있다' 고 보기가 어렵다는 이유죠.

하지만 이러한 죽음을 법적, 혹은 사회적으로 사망으로 규정하기에는 선결요건이 필요합니다. 법을 사회규범으로 이해하는 한 법적으로 뇌사를 사망으로 하기엔 사회 전체가 뇌사를 '개체의 죽음' 으로 이해하고 있다는 사실이 전제되어야 하는데… 어쩌구저쩌구…

결론은 이 곤충들의 상태를 사망이라고 결정지을 근거가 대단히 빈약하다는 거죠. 그들은 살아있습니다.

조… 좋아요, 통과….

살아있는 곤충 10마리 잡아오기 미션, 통과!

대… 대단하네… 안경민….

……

본인은 알고 지껄이는 거야, 저거?

단순한 과학 오덕후를 넘어서는…

이번에도 거리는 굉장히 가까워. 승부는 미션인가 본데?

얼른 꺼내 봐.

이번 미션은 CCC에 유리한 편이니까, 분발하세요! 많이 따라잡을 겁니다!

중문과도 있고.

旨旨旨旨旨
旨旨旨旨旨

내가… 남자였다면
기합이라도 넣으면서
바로 출발했겠지…
나 때문에
포기해야 하는 건가…

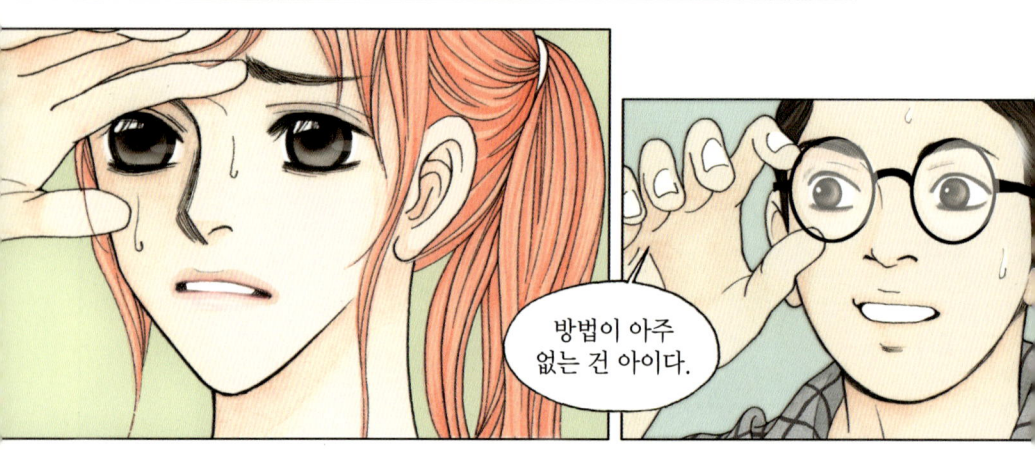

방법이 아주
없는 건 아이다.

여~ 가 연수원이고,
여기가 지금
우리 있는데 아이가.
이래이래, 길로 해서
촌티가 가거든?
우리는 이리 질러가면
거리는 삼분지 일도
안 된다.

역시…

지는 건 싫어!
모두를 위해서이기도
하지만, 나 스스로도
해 보지도 않고
포기하는 건
용납할 수 없어!

아주 작지만 다시 한 번 가고 싶어지는 아늑함
'커피나무'

'커피나무'는 2007년 11월에 오픈한 울산의 작은 카페다.

당시 울산에는 개인이 운영하는 아기자기하고 푸근한 카페가 없었던 터라, 아주 작지만 다시 한 번 가고 싶은 카페를 선보이고 싶은 카페 주인장의 작은 소망이 '커피나무'를 탄생시켰다.

7평 남짓한 카페는 손님들이 서로 어깨를 부딪쳐가며 커피를 마실 정도로 좁지만, 그렇기 때문에 오히려 손님들과 이야기할 기회가 많고 가족처럼 친근하게 지낼 수 있다고 한다. 주로 20대가 '커피나무'를 찾는 단골손님이지만, 30대부터 심지어는 70대 단골할아버지가 계실 정도로 손님 층이 다양하다.

'커피나무'의 주 메뉴로는 직접 볶는 커피 외에도 홈메이드 와플이 유명하다.

매일 직접 반죽하여 신선한 과일을 토핑한 와플을 커피와 함께 먹는 맛은 작은 여유를 부리고 싶은 사람들에게 제격이다.

커피나무를 재배하는 사람이 나무가 무럭무럭 자라도록 열심히 온도를 맞추고 물을 주는 것처럼 '커피나무'의 커피와 와플에도 그 정성이 묻어났으면 좋겠다는 것이 카페 주인장의 마음이다.

● 주소 : 울산 중구 성남동 92-4번지
● 전화번호 : 052-248-7955
● 영업시간 : am 11시 ~ pm 10시 30분
(매월 1, 3주 일요일은 휴일)

13 산에서 생긴 일,
낚시터에서 생긴 일

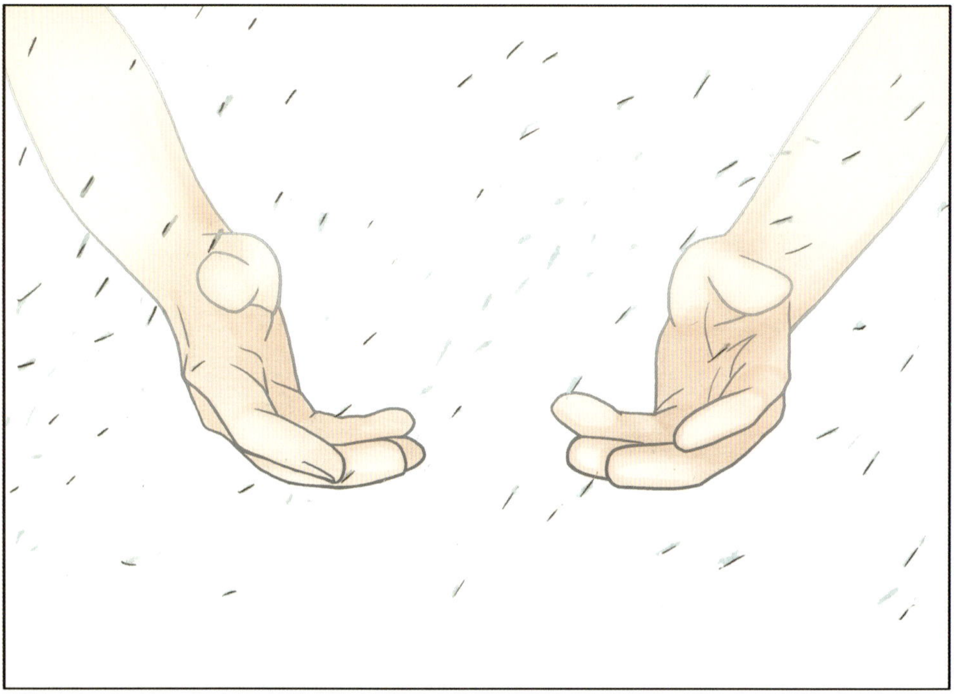

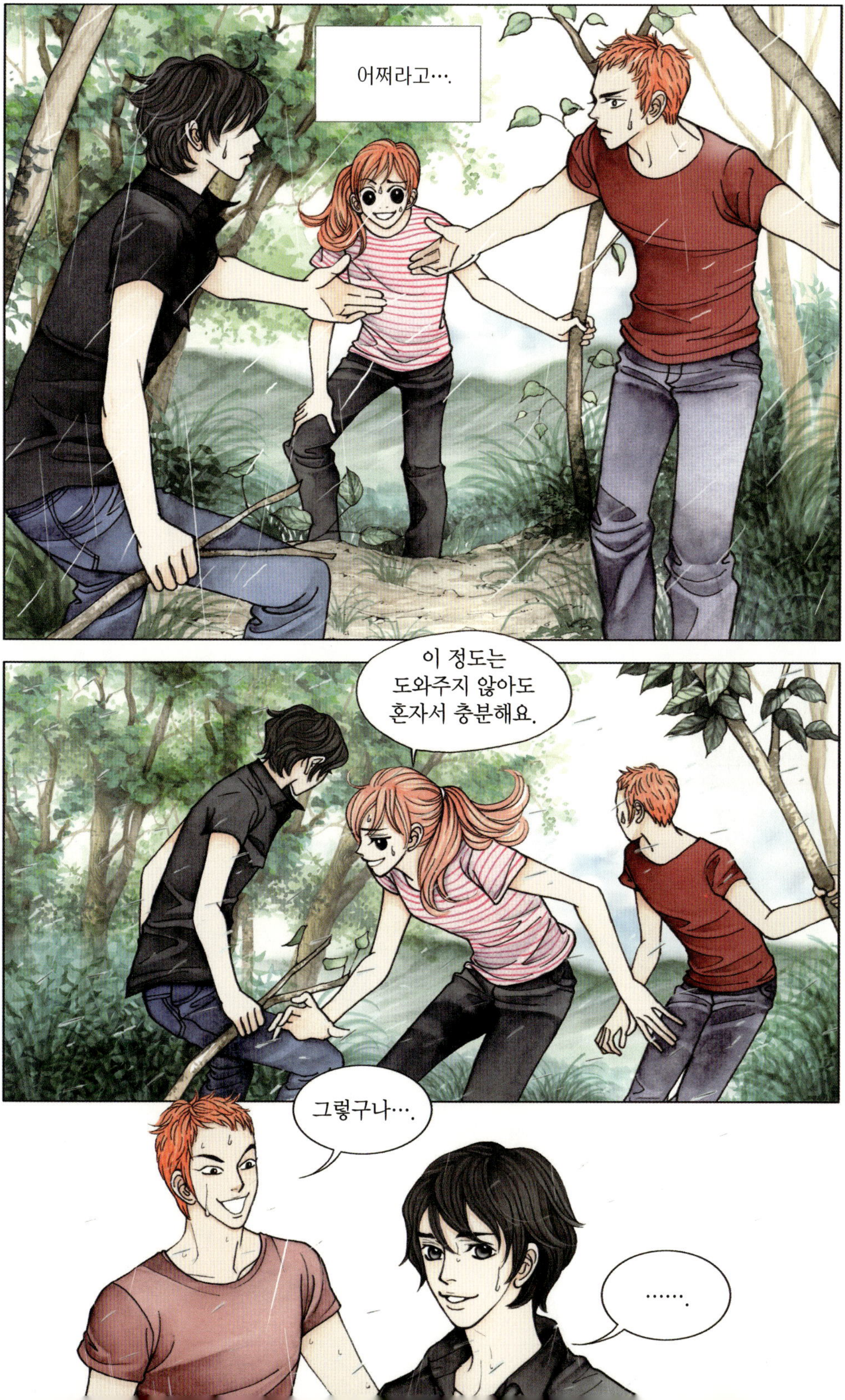
어쩌라고….
이 정도는 도와주지 않아도 혼자서 충분해요.
그렇구나….
…….

아… 정말 힘들다.
좀만 쉬었으면…
안개비까지 내리니
바닥도 미끄럽고
배로 힘든 것
같아….

이제 거의 다 왔다.
길이라 할 곳도 없고,
생각보다 산세가
험한 편이라 시간이
좀 더 걸렸지만,

지금 추세로
골인하면
촌티보다
빠를 기다.

조금만
더 힘내면
되겠네.

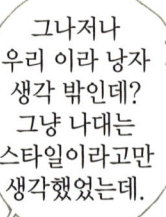

하하하

그나저나
우리 이라 남자
생각 밖인데?
그냥 나대는
스타일이라고만
생각했었는데.

그러게 말이여~
대단해, 이라 씨.
그래도-여전히
좀 무섭긴 하다.

저
말은…

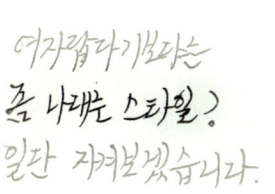

여자랍다기보다는 좀 나래는 스타일? 일단 쟈겨보겠습니다.

두 명이 이 두 카드를
쓴 건 거의 확실해…!
그럼 주말에 만나자고
한 사람은 이제
셋 중에 한 명…

정말, 땀방 사늘고 싶군요. 하지만 꿈을 꾸세워요~

셋으로 줄었으니
훨씬 쉬워졌어.
잘 생각해 보자.

일단 '만나자 카드'는,
변영철 씨가 썼을
가능성이 높지만 성격상
'때리지 카드'도
변영철 씨랑
제일 어울리긴 하거든.

때리지
마세효

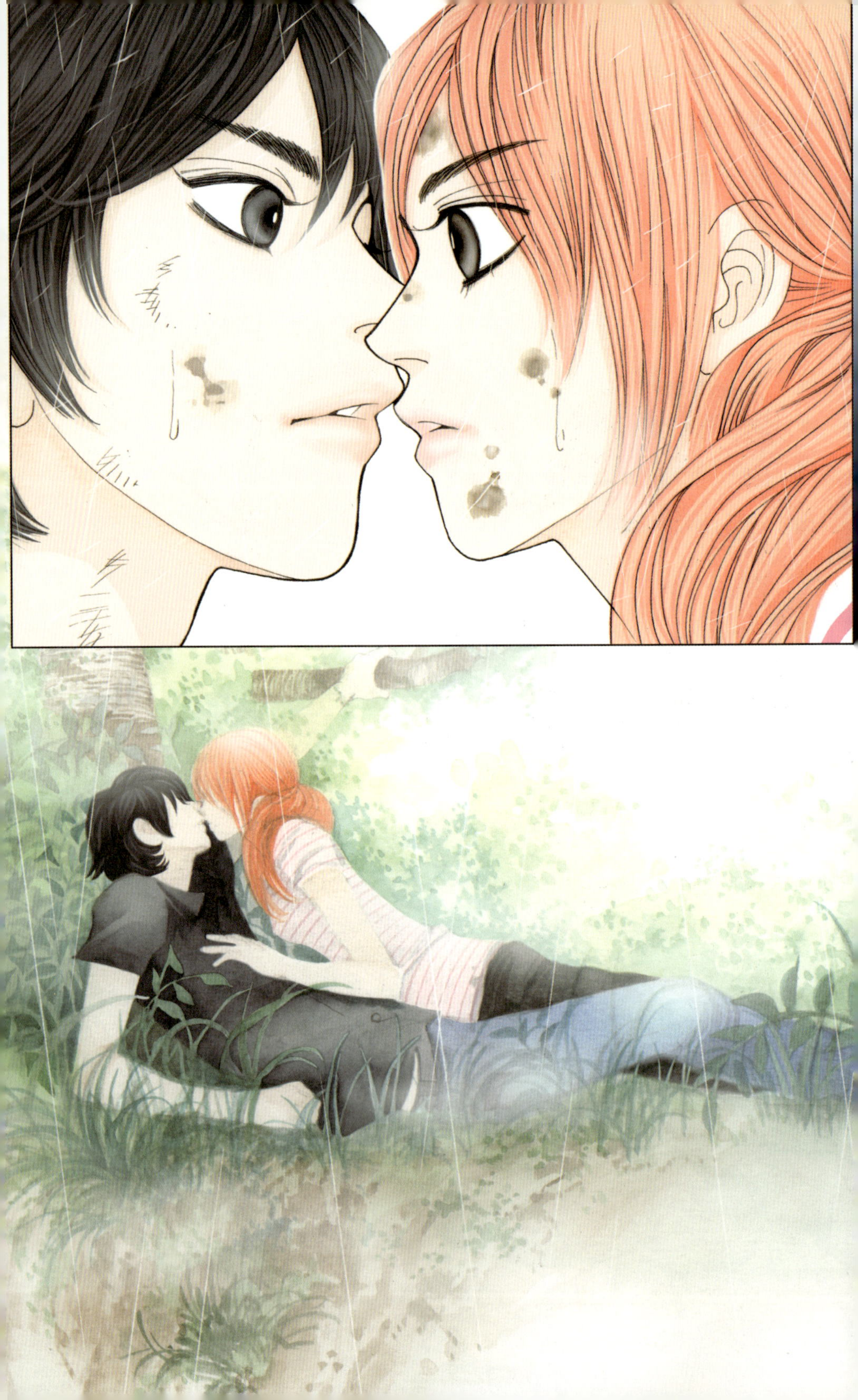

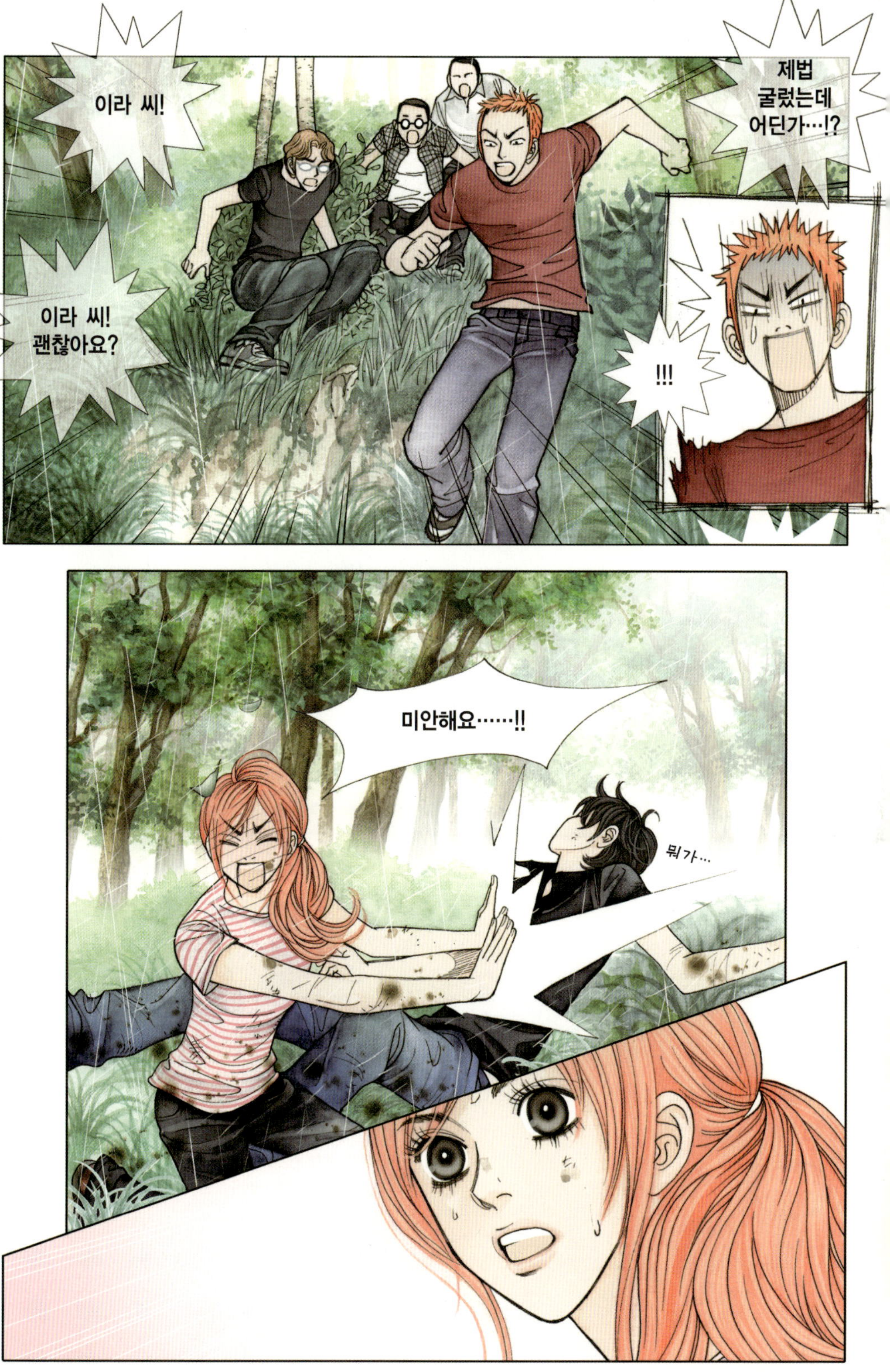
이라 씨!
이라 씨! 괜찮아요?
제법 굴렀는데 어딘가…!?
!!!
미안해요……!!
뭐가…

오영광 씨의
입술 감촉이 아직도
느껴지는 것 같아…

그나저나
키쓰?

아… 하지만 영광 씨는
날 어떻게 생각할 지…

그럼, 3반의
최우수 팀은,

총각파티 팀 입니다!!

짝 짝 짝 짝

와아아

3반은 올림픽에서 우승을 했기 때문에 특별 기념품이 주어지고요, 반에서 1등을 한 총각파티 팀에겐 별도의 상품이 수여됩니다.

여형섭 사장님 앞으로 나와주세요.

오오오! 해외연수에다 상품까지 준다고요!!??

각 팀 서기는 저한테 와서 블루 카드를 수령해 가세요.

해외… 연수라뇨?

해외연수라뇨라뇨? 올림픽 우승한 반 1위 팀은 해외 연수를 보내준다면서요?
하하하! 그걸 믿는 사람들도 있었군요! 매년 연수 때마다 인사과에서 연수생들 사기를 고무한다는 차원에서 은근히 루머를 흘리긴 하는데….
이번 기수는 순진한 건지….
그렇다면…
해외연수는…

'낚시였냐!!!!'

월척이다!

아아아!!! 낚인 거냐, 우리!!!???

블루 카드를 작성해서 나누고, 그린 카드와 함께 보관하세요.

요령은 아시죠?

지금 개봉하진 말고, 나중에 개별적으로 한꺼번에 확인하도록 하시고요. 일단 빠르게 작성하죠. 오늘의 마지막 일정이에요.

변영철 씨와 전수진 씨는…

난… 뭐라고 쓰지?

바뀐 인상을…

나무와 꽃들이 가득한 정원을 채우는 커피향

'커피의 정원'

'커피의 정원'은 분당 수내역에 위치한 핸드드립 커피 전문점으로 인터넷에서도 이름난 맛집이다.

입구의 테라스부터 나무와 꽃들이 조화를 이루고 있어 마치 숲 속에 있는 듯한 분위기가 독특하다.

가게 안에 들어서면 코끝을 찌르는 원두 향이 그대로 나무테이블과 소품에 어우러져 아늑한 분위기를 자아낸다.

핸드드립과 사이폰 기기를 이용한 원두커피는 물론이고, 특히 손님들에게 인기 있는 녹차빙수는 연인, 가족, 친구, 동료 누구와 함께 해도 다시 한 번 맛을 보고 싶어 하는 추천메뉴다.

● 주소 : 경기도 성남시 분당구 수내1동 20-5
● 전화번호 : 031-712-2028
● 영업시간 : am 10:00 ~ pm 11:30

14 Blue Card

하지만 사실상
오늘을 끝으로 영영 못 보게 될
가능성도 있거든.
마지막으로 나의 기억을
그럴싸하게 남기고 싶다.

블루 카드는
평생 간직하게 될 지도 몰라.

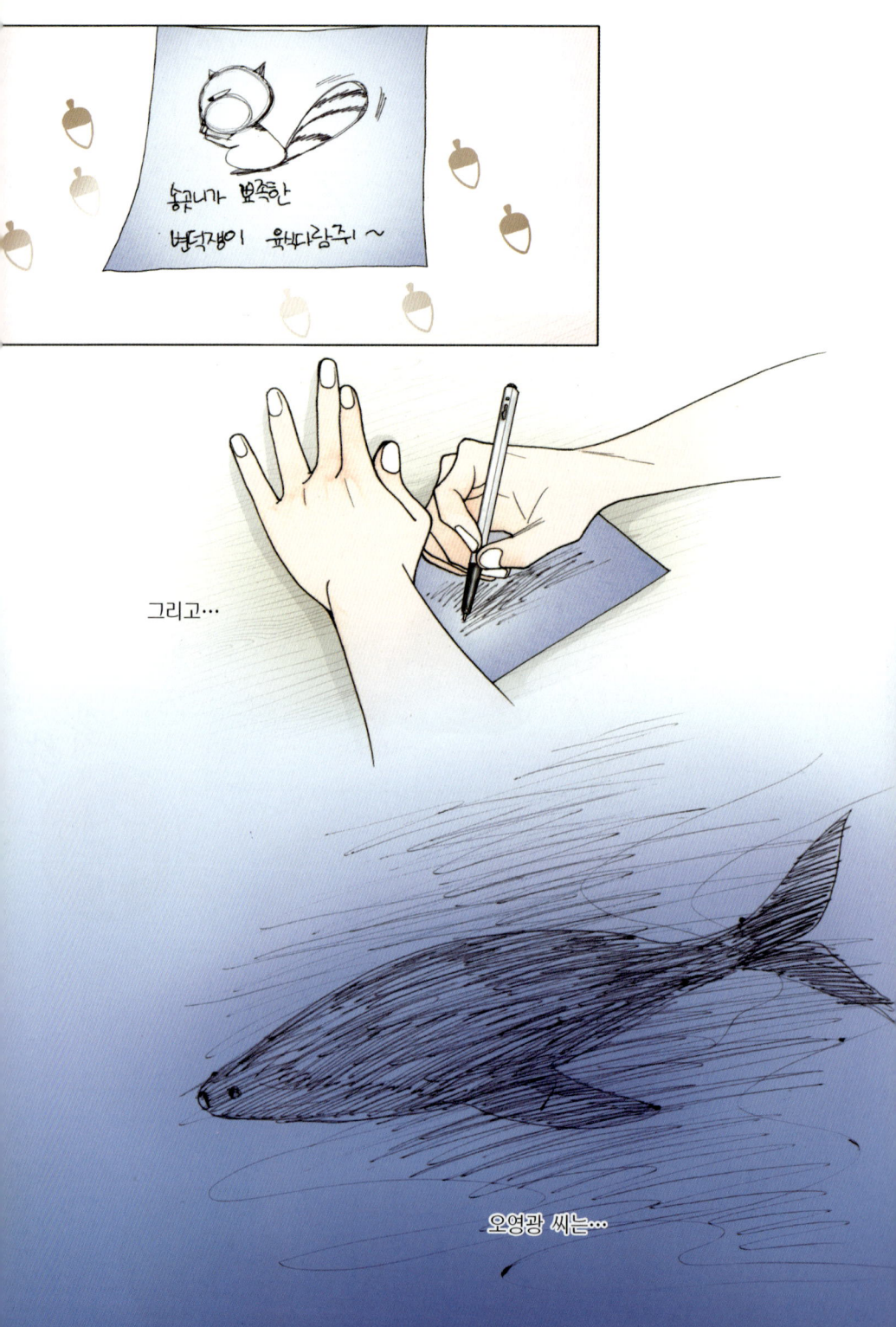

그리고…

오영광 씨는…

그랑 블루를 간직한 심해의 고래.

이제 그만 물 위로 올라오는?

아아… 마음 같아선 그냥 이 자리에서 팍 뜯어보고 싶구나…

내가 준 카드를 보고 어떤 기분들일까? 하긴…남자들이 벌써 꺼내 보진 않았겠지만…

하지만 난 궁금한 건 참을 수 없다구~. 게다가 그린 카드에 만나자고 써 놓고 아무 말 없다는 건, 블루 카드에 만날 시간과 약속을 적어놨다는 것일 텐데…

어디 보자…

무서우면서도 귀여움. 너무 당당해서 그래. 항상 밝고 힘찬 고양이라이길!

목서우면서도 귀여움. 너무 당당해서 그래. 항상 밝고 힘찬 고양이라이길!

청대 피카소 거리.
편의점 사거리 상상마을 앞.
X월 X일, 토요일 오후 6시.
딱 한 시간만 기다림.
난 누굴까?

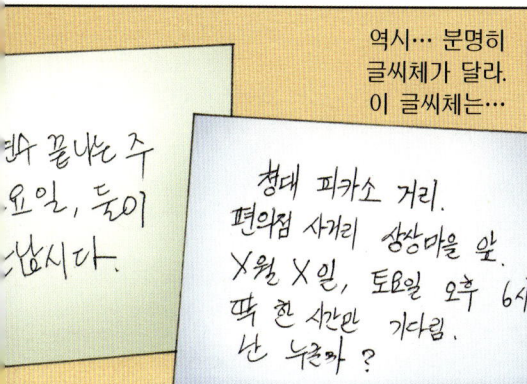

오후부터는
예정대로 인사과
선배들과의 면담이
진행되었다.

면접실

본사 됐어?

뭐래?
인서울
성공이야?

표정이
왜 이리 멍해?
잘 안 됐어?

응… 서울 근무 된… 거 같아. 마케팅 쪽으로… 본사 같던데….

너 정말 빽 없어?

뭐? 지방이나 제조 현장쪽으로 밀어붙이지 않았어? 그냥 서울이 된대?

근데 너 왜 이렇게 정신이 나간 거 같냐~?

그런 거… 정말 없어…

본사 근무는 티오가 부족하고 경쟁이 심해서 힘들다고 하던데….

난 아빠 빽으로도 지방인데!…

자신이 원하는 부서와 회사가 바라는 부서간의 갭을 메우는 작업은 진지하고 치열하게 진행되었지만, 나는 그다지 집중할 수 없었다.

저녁 식사 후엔 선배 사원들의 용인 하에 각반 교실에서 대대적인 송별의 술판이 벌어졌고, 육체적 정신적으로 지친 우리는 화장도 지우는 둥 마는 둥 쓰러져 잠들었다.

누군지 어떻게 알아내지? 친구를 시켜… 토요일에 뭐 하냐고 물어봐?

화장 지우는 게 젤 싫어.

우욱, 매일 술이구나.

동남 식품 신입 사원 연수 '새내기 사우 여러분, 환영합니다!'

환

다음 날 역시 추가 면담과 기념촬영, 석별의 시간 등으로 정신없이 흘러갔고,

진달래처럼 붉게 타올랐던 늦은 봄의 연수는 이렇게 마무리되었다.

의문과 불안, 고민, 그리고
정답이 없는 선택을 남긴 채…….

그래서 너는 얘가 젤 괜찮다는 거지? 앞 머리에 가려 얼굴이 잘 안 보이는데?
아니, 꼭 그렇다기보다는…
나머지 두 사람이 이 사람하고 이 사람이라고?
딱 부러지게 말해라. 친구 앞에서까지 내숭 떨면 겨드랑이에 총천연색 털 난다.
내숭 좋아하네. 내가? 너 앞에서?
당장 내일인데 어쩌지? 아~ 무지 고민 되네~.
그냥 전화를 해 봐. 전화번호는 다 안다면서~.
나도 그럴까 생각도 해 봤는데, 그냥 말로 해도 될 것을 이렇게 한 거라면 이것도 나름 이벤트잖아~
하고 느낌도 팍 사라지고…

여러 정황상 한 명은 변영철 씨가 거의 확실한 거 같지만…

나머지 한 명은 100% 오영광 씨라고 할 수도 없는 상황이고…
전화를 하면 또 뭐라고 말을 하냐고….

내 생각엔.

그냥 양 쪽 다 나가지 마.
남자들이 불쌍하지도 않아?
실체를 알고 나면
극심한 공포와 후회,
무력감에 치를 떨게
될 텐데.

솜털 구름의 만분의 일 만큼이라도 좀 성실해지는 게 어때?

나 짐 좀 시리어스 하거든?

그 동안 내숭 떠느라 힘들었다.

알았어! 알았어! 아야야! 팔 빠져!!!

청대 쪽에서 좋은 느낌이 온다. 대학로는 좀 노땅틱하기도 하고. 특별한 이유가 있다면 모를까, 감각이 있는 요즘 젊은 사람이라면 거긴 좀….

후~

좋은 느낌?
好 Feel?
호필?

제 잘난 맛에 사는
돌팔이 박수무당
호필이의 점괘는 언제나
재수 없는 결과만을
초래할 뿐, 역시 끌리는
쪽으로 가는 거야.

썸씽이 곧 운명이고
운명이 곧 썸씽 아니겠어?
우연히 둘만의 시간이
자주 일어난 것도
다 이유가 있는 거고…

노땅틱은
무슨 노땅…

누가 기다리고
있을까…?
아직 안 왔나…?